KB078345

GAME OF GOETIA

니콜로 장편소설

FUSION FANTASTIC STORY

마왕의 게임

마왕의 게임 15

니콜로 장편소설

초판 1쇄 찍은 날 § 2016년 8월 30일
초판 1쇄 펴낸 날 § 2016년 9월 6일

지은이 § 니콜로
펴낸이 § 서경석

편집책임 § 조현우

펴낸곳 § 도서출판 청어람
등록번호 § 제387-1999-000006호
등록일자 § 1999. 5. 31
어람번호 § 제1-2516호

주소 § 경기도 부천시 원미구 부일로 483번길 40 서경B/D 3F (우) 14640
전화 § 032-656-4452 팩스 § 032-656-4453
http://www.chungeoram.com
Email § chungeorambook@daum.net

ISBN 979-11-04-90949-8 04810
ISBN 979-11-04-90396-0 (세트)

GAME OF GOETIA

15

니콜로 장편소설

FUSION FANTASTIC STORY

마왕의 게임

도서출판 청어람

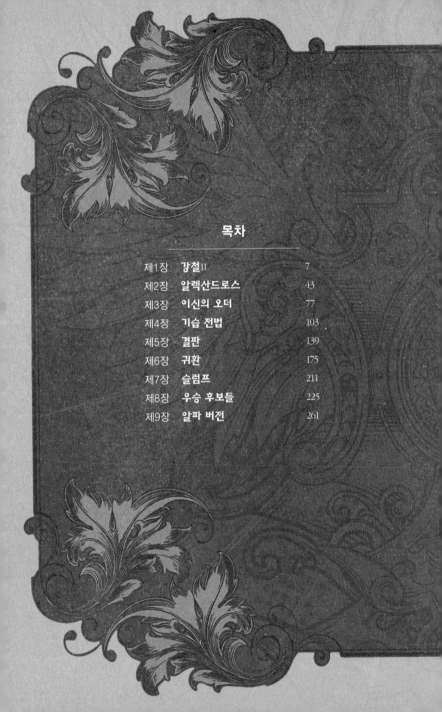

목차

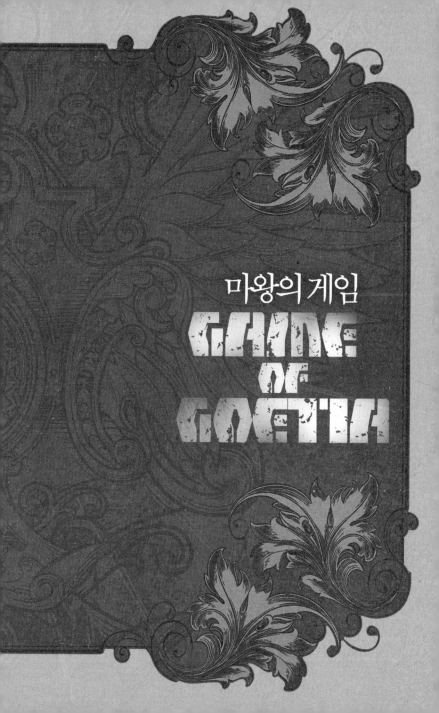

제1장

강철 II

1승을 먼저 거둔 일행은 마음이 다소 가벼워졌다.

앞으로 1승만 더 거두면 승리.

막연하게 느껴졌던 최종 승리가 이제 가시권에 들어왔다.

"이제 한 번만 더 승리하면 되겠군. 아직 그리핀 전략을 노출하지 않았으니 더 승산이 있어."

나폴레옹은 만족스러워했다.

사전에 치밀하게 구상했던 전략이 아니었다.

서로의 위치에 따라서 즉흥적으로 낸 오자서의 교환책이 거둔 승리.

물론 예상 못한 발터 모델의 폭격기 전략에 의해 교환책의 효과가 무위로 돌아갈 뻔했다.

하지만 이신이 이에 대하여 곧장 열기구에 탄 마법사로 보복에 들어가면서 다시 우위를 찾을 수 있었다.

그 뒤로는 이미 이겨 있는 상황이었다.

나폴레옹이 보다 효과적인 총공세를 기획하여서 확실하게 끝장을 냈지만 말이다.

아무튼 아직 그리핀 전략을 적에게 보여주지 않고도 이겼으니, 1승을 공짜로 챙긴 것이나 다름없었다.

"아마 저들도 이번의 우리 전략이 즉흥적인 것이었다는 걸 알고 있을 거요."

오자서가 말했다.

나폴레옹도 고개를 끄덕였다.

"그렇겠지. 교환책을 펼쳤던 우리의 움직임은 사전에 빈틈없이 짠 치밀함보다는 즉각적인 임기응변이 더 빛을 발했으니까."

그러면서 나폴레옹은 이신의 어깨를 툭 쳤다.

순간순간마다 탁월한 임기응변을 펼쳐서 오자서의 교환책을 빛나게 만든 사람은 바로 이신이었기 때문이다.

"하지만 저들은 우리가 생각한 전략이 마법사라고 생각할 것이오."

오자서의 지적은 타당했다.

얼마 전에 연회장에서 마법사가 적군을 불바다로 휩쓸어버린 영상이 공개되면서 모두에게 충격을 주었다.

방금 전의 첫 대결에서도 이신은 열기구에 태운 마법사로 활약.

"적이 마법사를 생각하고 있으니, 그리핀을 예상하지 못하겠군."

"그러니 적들이 그리핀을 예상하지 못한 것을 이용하여 더 큰 피해를 줄 수 있었으면 좋겠소."

"일리가 있는 의견일세. 한번 그 방안을 생각해 보지."

세 사람은 머리를 맞대고 디테일한 전략 구상에 들어갔다.

먼저 이신이 말했다.

"일단 그리핀을 끝까지 숨기고 있다가 3마리가 모였을 때 견제를 시작하겠습니다."

"3마리까지는 모여야 파괴력이 생기니까."

나폴레옹이 동의했다.

오자서도 의견을 꺼냈다.

"그리핀 편대가 활동을 개시할 때 지상군을 끌고 나가서 적의 이목을 끄는 것도 좋을 것 같소."

"그렇지."

그때 이신이 한 가지 전략을 더 냈다.

"오자서님이 헬하운드로 그리핀 편대와 행동을 함께해 주시죠."

"내가?"

"헬하운드도 이동속도가 빠르니 적을 교란시키기에 적합합니다. 그리핀 편대와 함께 지상과 공중에서 협공하면 더 효과적으로 적을 타격할 수 있지요."

"시도해 볼 만하군."

오자서도 동의했다.

그리핀 편대가 빈틈을 만들어 내고, 그 틈을 헬하운드가 파고들어 적의 본진에 난입하는 작전이 수립되었다.

그렇게 전략 회의가 끝났다.

발터 모델 측도 회의가 끝났는지 한자리에 모였다.

문득 발터 모델이 이신에게 다가왔다.

의아해하는 이신에게 발터 모델이 물었다.

"열기구를 침투시킨 것은 자네의 판단이었지?"

"그렇습니다."

이신은 굳이 부인하지 않았다.

"그럴 것 같았네. 미리 예상하고 계획된 행동이라고 하기에는 상황이 너무 긴박했으니까."

발터 모델은 웃으며 계속 말했다.

"대단한 감각을 지녔더군. 콜럼버스를 보내 오운의 클로를 구해낸 전과도 그랬고."

"감사합니다."

"아직 살아 있고 직업이 군인이라고 들었네. 그래서 한 가지 충고를 해주겠네. 자네의 그 재능을 올바른 일에 쓰게. 군인이기 때문에 주어진 명령만 수행하면 그만이라고 생각했다간, 나처럼 거대한 범죄에 가담한 꼴이 날 수도 있으니까."

"……."

"하긴 나 같은 전쟁범죄자가 해줄 충고는 아니군."

"새겨듣겠습니다."

"그럼 다행이고."

나치 독일의 명장 발터 모델.

그가 자결 전에 남긴 말이 있었다.

'진정으로 내가 범죄에 종사했음을 깨달았다. 양심적으로 부하를 이끌었으나, 범죄 정권을 위한 것이었다.'

군인으로서 충실했을 뿐 정치적인 견해를 일절 내지 않았던 발터 모델이 처음이자 마지막으로 꺼낸 정치 발언이었다.

이는 패망 직전에도 '비밀 신병기가 최후의 승리를 가져올 것'이라고 광기에 차서 부르짖는 나치의 선전 방송을 보고 어이가 없어서 한 말이었다.

그때 발터 모델은 부하들을 항복시키고 자신은 권총 자살로 생을 마감했다.

"아무튼 기대하게. 이번엔 우리의 실력을 제대로 보여줄 테니. 전장을 가득 채운 강철의 물결을 볼 수 있을 걸세."

발터 모델은 그렇게 쾌활하게 말을 남기고는 등을 돌렸다.

'강철의 물결이라……'

그건 역시나 대포와 폭격기의 어마어마한 조합을 의미하는 것이리라.

드워프의 후반 화력을 제대로 보여주겠다는 예고였다.

'그 조합을 깨뜨려야 하는 게 우리의 목적이지만.'

좁고 복잡하게 꼬여 있는 길목이 많은 제13 전장 그레이어스는 지상군 대군이 동원되기에 불편한 부분이 많았다.

다른 종족이라면 모를까, 상대가 대포에 대항할 수 있는 투석기를 가진 휴먼이라면 더욱 골치가 아파진다.

협소한 길목 요소요소에 방어선을 펼치고 수비를 하면 돌파가 용이하지 않은 것이다.

이를 보완하기 위한 게 바로 폭격기였다.

길목이 복잡하거나 협소한 것과 상관없이 폭격기는 자유롭게 다니며 폭격을 퍼부을 수 있으니까.

그 폭격기만 깨고 나면, 발터 모델이 구축한 승리 패턴을 깰 수 있다는 뜻이었다.

'폭격기는 비싸지. 한 번 폭격기의 비율이 깨지만 다시 복구하기 어렵다.'

[서열전이 시작됩니다.]

[악마군주 그레모리님의 계약자 이신님께서 참전합니다.]

[악마군주 아가레스님의 계약자 나폴레옹 보나파르트님께서……]

두 번째 대결이 시작되었다.

'위치가 나쁘지 않군.'

나폴레옹이 말했다.

'그렇군요.'

이신도 공감했다.

이신의 시작 지점은 7시.

오자서는 6시.

그리고 나폴레옹은 3시였다.

아군이 전부 전장의 하단부에 자리 잡은 모양새였다.

'5시부터 확인해보지.'

'알겠소.'

오자서는 5시 지역부터 확인해 보았다.

5시 지역은 텅 비어 있었다.

장기전이 된다면 5시는 자연스럽게 아군의 영역이 된다.

이윽고 정찰이 시작되었다.

상대와의 위치에 따라 상황이 전혀 달라지기 때문에 서둘러 정찰을 단행했다.

발터 모델 측은 위치가 더욱 좋았다.

11시, 12시, 1시.

전장의 윗변에 나란히 보기 좋게 자리 잡은 것이다.

'남과 북의 전쟁이 되겠군.'

나폴레옹이 중얼거렸다.

전장을 위아래로 양분하여서 다투는 양상이 뻔히 예측되었다. 양쪽 다 사거리가 긴 병기를 가지고 있으니 말이다.

싸움은 예정대로 진행되었다.

발터 모델 측은 깜짝 전략 같은 것 없이 안전한 운영을 택했다.

오자서는 헬하운드를 부지런히 움직여, 상대에게 더욱 방어에 마력을 쓰도록 강요하였다.

그러면서 전장을 장악하여서 상대의 정찰을 차단하였다.

헬하운드가 전장 요소요소에 배치되어서 모든 길목을 막아 정찰이 오지 못하도록 하는 오자서의 솜씨는 대단했다.

　이신이 보기에는 축제를 통해 오자서의 전장 시야 장악력이 부쩍 성장해 있었다.

　오자서가 시야를 밝혀준 덕에, 이신은 그리핀을 소환하는 테크 트리에 전력을 투입할 수 있었다.

　적의 공격이 있다면 오자서가 미리 알려줄 것이다.

　오자서가 밝혀놓은 시야에 적의 움직임은 없었다.

　때문에 이신은 모든 마력을 투자해서 오로지 그리핀을 최단 시간에 소환하는 극단적인 테크 트리를 시도할 수 있었다.

　'한 푼의 마력과 1초의 시간도 허투루 쓰지 않겠다.'

　이 대결에 대비해서 여러 가지 빌드 오더를 구상해 놓은 이신이었다.

　그리핀이 막 소환되었을 때, 거기에 태울 궁병 2명도 동시에 소환된다.

　2마리째의 그리핀이 소환되었을 때는 궁병이 총 4명.

　3마리째 그리핀이 소환되자 궁병은 6명. 그리고…….

[대장간에서 무기 개발이 완료되었습니다.]

　무기 개발까지 거의 동시에 완료되었다.

　그리핀이 3마리까지 모일 때까지 기다리자는 의견을 받아들여서 빌드 오더를 일부 수정했다.

그럼에도 시간의 오차가 거의 없는 시간 자원 최적화가 이루어졌다.

즉흥적인 수정을 가했음에도 오차가 발생하지 않을 정도로 완벽한 운영!

그리핀 3마리에 석궁병 6명. 그리고 그중 한 사람은 바로 사도 로흐샨.

로흐샨의 능력은 본인 외에 주변의 5인까지 적용되니, 그야말로 최적화된 숫자였다.

"11시 지역의 적부터 공략해라."

"맡겨주십시오, 주군!"

로흐샨은 자신만만하게 소리쳤다.

이윽고 로흐샨이 이끄는 3마리의 그리핀 편대가 움직였다.

오자서가 이에 멋지게 호응해 주었다.

헬하운드들이 먼저 그리핀 편대의 이동 경로를 살피면서 적이 있나 확인해 준 것이다.

공격이 시작되기 직전까지 그리핀 편대의 존재가 들통나지 않도록 신경 써준 세심한 팀플레이였다.

'일단 안에서 한번 흔들겠습니다.'

이신의 말에 오자서도 호응했다.

'알겠네. 난 적의 방어선을 돌파할 기회를 엿보지.'

그리핀 편대가 적을 교란시키는 틈을 타 헬하운드 군대가 기회를 봐서 침투한다는 전략이었다.

마침내, 로흐샨의 그리핀 편대가 11시의 드워프 본진으로 침투했다.

가장 가까이에 보이는 건물 짓는 드워프 광부를 공격. 굳이 로흐샨이 능력을 쓸 필요도 없었다.

쉬쉬쉭―

콰콰콱!

"크악!"

6발의 볼트가 드워프 광부에게 그대로 적중했다.

즉사해 버리는 드워프 광부.

로흐샨은 계속해서 마력석을 채집하는 드워프 광부들을 공격했다.

콰콰콰콱―

"끄아악!"

쉬쉬쉭―

"흐억!"

한차례의 공격에 1명씩 정확하게 죽어 나갔다.

그리핀 편대의 석궁병 6인은 로흐샨, 로빈 후드 외에도 하나같이 뛰어난 활솜씨로 뽑힌 인재들이었다.

그들은 한 발의 빗나감도 없이 활약을 떨쳤다.

드워프 광부의 피해가 누적될 즈음, 드워프 총수들이 우르르 달려왔다.

"지금부터가 진짜로군."

로흐샨은 씨익 웃었다.

그리핀 3마리가 줄지어 날면서 다가오는 드워프 총수들을 향해 똑바로 날았다.

선두에 돌출되어 가장 가까이에 있는 드워프 총수에게,

[계약자 이신의 사도 하급 악마 로흐샨이 능력 유도 사격을 사용합니다.]

[로흐샨과 가까운 아군 석궁병 5인이 동일한 타이밍에 동일한 지점을 적중시킵니다.]

쉬쉬쉬쉭─

"으악!"

사격과 동시에 일제히 U턴을 하는 그리핀 편대!

6발의 볼트는 모두 같은 자리에 적중되어서 드워프 총수가 즉사했다.

로흐샨의 능력이 더해진 U턴 샷이 마침내 처음 선보여진 것이다!

재사용 시간인 5초 동안 그리핀 편대는 드워프 총수들을 피해 물러섰다.

드워프 총수들에게서 도망치면서도 마력석에 있던 드워프 광부 하나를 죽이는 전과를 올렸다.

5초가 지나자 다시 드워프 총수 하나를 U턴 샷으로 처지!

여기 저기 얄밉게 도망 다니며 피해를 가하는 그리핀 편대의 움직임은 실로 날렵했다.

생소한 방식의 용병술에 의하여 11시의 드워프는 큰 피해를 입기 시작했다.

그때, 12시 쪽에서 폭격기가 나타났다.

1기가 제작되자마자 부랴부랴 도와주러 온 모양이었다.

*   *   *

폭격기의 등장에 공기가 달라졌다.

'격추시켜.'

이신이 명령했다.

로흐샨은 기꺼이 명령을 받들어 편대를 이끌고 달려들었다.

U턴 샷!

6발의 볼트가 일제히 폭격기에 꽂혀 들었다.

로흐샨이 빗나가면 다른 5발도 전부 빗나가는 셈이지만, 로흐샨은 지금까지 빗나간 적이 없었다.

하지만 그 정도로는 끄떡하지 않고서 날아오는 폭격기.

반대편에서 드워프 총수들도 산개한 채 그물망을 펼치려 들었다.

'위로!'

로흐샨은 편대를 북쪽으로 몰았다.

또한 도중에 마주친 드워프 총수에게 일제히 사격하여 중상을 입혔다.

재사용 시간 5초가 지나가 다시 선회하는 그리핀 편대.

쫓아온 폭격기를 향해 다시금 U턴 샷을 깔끔하게 날렸다.

퍼퍼퍼퍽!

일제히 박혀드는 폭격기.

비로소 폭격기도 무언가 문제가 생긴 듯 비틀거린다.

폭격기는 그제야 섣불리 접근하면 위험하다는 걸 알아채고 드워프 총수들의 엄호를 받기 위해 물러났다.

그때 그리핀 1마리가 더 나타났다.

추가로 소환된 그리핀과 석궁병 2명이었다.

추가로 합류하자 로흐샨이 이끄는 그리핀 편대에게 더 힘이 붙었다.

쉬쉬쉭—

"크억!"

드워프 총수들이 1명씩 죽어나갔다.

11시의 드워프는 계속 희생되는 드워프 총수를 새로 소환해서 충당해야 했다.

드워프 총수가 없으면 그리핀 편대가 더더욱 마음대로 활개치고 다닐 테니 말이다.

건물을 짓고 있던 드워프 광부도 죽이는 등, 이신은 그리핀 편대를 운용하여서 효과적으로 11시 드워프의 운영을 훼방 놓았다.

11시 드워프는 그리핀 편대에 신경 쓰느라 정신이 없는지 운영이 원활하지 않았다.

하지만 이신은 그리핀 편대를 끊임없이 지휘하면서도 운영을 병행하는 여유 있는 멀티태스킹을 선보였다.

앞마당에 마력석 채집장을 구축하고, 그리핀과 석궁병을 꾸준히 소환한다.

그러면서 대장간에서 무기 강화 업그레이드도 해주었다.

무기 강화가 완료되면 그리핀 편대의 화력은 더욱 강해질 터였다.

계속해서 활약하며 폭격기를 상대로 제공권을 제압해야 하기 때문에 무기 강화는 필수였다.

퍼어어엉!

마침내 로흐산이 멋진 전과를 거두었다.

가랑비에 옷 젖듯 야금야금 피해를 입어서 비실거리던 폭격기가 후퇴하던 도중에 그리핀 편대의 추격을 받아 격추된 것이다.

'허, 다시 봐도 대단하군.'

'예상보다 훨씬 더 효과가 좋아.'

나폴레옹과 오자서가 이신의 활약에 혀를 내둘렀다.

일반적인 전쟁의 개념으로서 지금껏 전투를 해왔던 그들에게 이신이 보여주는 '컨트롤'이라는 개념은 신세계와 같았다.

'칭기즈칸의 몽골 제국이 저런 식으로 세계를 휩쓴 것이겠지. 절대 당하고 싶지 않은 전술이야.'

'칭찬으로 듣겠습니다.'

'물론 칭찬일세. 그런데 또 하나 대단한 게 있군. 아주 바쁠 텐데 우리와 대화를 나누는 여유까지 있으니까. 머리가 여러 개라도 되나?'

나폴레옹의 물음에 이신은 그저 피식 웃어 보였다.

그들은 멀티태스킹이라는 개념 또한 낯설 것이다.

물론 서열전을 오랫동안 치러 왔으니 어느 정도 익숙하긴 하겠지만 말이다.

그리핀 편대는 이어서 12시의 드워프 본진으로도 향했다.

12시 본진 내부를 훑어보던 이신이 말했다.

'프랜시스 드레이크는 1시입니다.'

11시도 12시도 폭격기를 제작하기 위한 건물이 보이지 않았다.

폭격기를 담당하고 있는 프랜시스 드레이크는 1시라는 뜻이었다.

12시 드워프는 대포를 중점적으로 소환하고 있었다.

때문에 지대공 공격 수단이 적어서 무방비 상태였다.

1시에서 부랴부랴 폭격기 1기가 날아왔지만, 1기 정도로는 그리핀 편대를 당해낼 수 없었다.

하는 수 없이 12시 드워프는 방어선을 지키고 있던 드워프 총수들을 본진으로 불러들였다.

바로 그 순간,

'지금이 기회로군!'

조용히 헬하운드를 모으고 있던 오자서가 병력이 빠져나가 약해진 방어선을 향해 그대로 달려들었다.

오직 헬하운드 소환에 집중했던 터라, 숫자가 굉장히 많았다.

"크르르르!"

"컹컹!"

쾅쾅쾅쾅!

헬하운드들이 방어선을 덮쳤다. 길목을 차단시키고 있는 건물들을 때려 부수고 드워프 총수들을 물어뜯었다.

죽어도 죽어도 계속 밀려드는 헬하운드!

거기에 나폴레옹도 방어를 위해 초반에 모아두었던 석궁병·방패병 부대를 보내 호응해 주었다.

잘만 하면 장기전까지 갈 것 없이 끝장낼 수 있다고 생각해서였다.

퍼어엉! 퍼엉!

방어선에 배치되어 있던 대포들이 불기둥을 뿜었다.

아직 이른 타이밍이라 대포가 그리 많지는 않았지만, 화력은 상당해서 아군 병력이 희생되었다.

하지만 오자서는 목숨을 걸다시피 하며 저돌적으로 달려들었다.

[계약자 오운님께서 고유 능력을 사용합니다. 300마력이 소모됩니다.]

[오운님이 받은 피해의 30%에 달하는 데미지를 적군에게 가합니다.]

오운의 고유 능력 복수!

대포들이 뿜어대는 화력의 30%에 해당되는 데미지를 되돌려 주었다.

오자서는 상대측 대포가 대응하기를 기다렸다가 이 능력을 사용한 것이다.

대포들이 되돌려 받은 데미지에 내구력이 상하여 주춤거렸다.

그 틈에 오자서는 총력을 기울여 방어선을 마침내 돌파하는 데 성공했다.

방어선을 전담했던 11시와 12시의 드워프들이 그리핀 편대에 교란되어서 드워프 총수들을 본진 수비로 뺀 바람에 벌어진 사태였다.

'됐다!'

'뚫었소!'

'잘했네. 즉시 12시로 돌입하게. 대포를 최대한 부수는 게 관건일세.'

'맡기시오.'

오자서는 사력을 다해 달렸다.

띄엄띄엄 배치된 대포들을 집중적으로 공격했다.

그런데 그런 위기 상황 속에서, 발터 모델의 대처 또한 침착하기 그지없었다.

대포를 계단식으로 배치하고는, 드워프 총수와 드워프 도끼병으로 대포를 보호하며 헬하운드들을 막아내었다.

무엇보다도,

[계약자 오토 모리츠 발터 모델님께서 고유 능력을 사용합니다. 300마력이 소모됩니다.]

[수비 상황일 때의 공격력이 일시적으로 15% 상승합니다.]

방어전의 마스터라 불렸던 발터 모델!

계약자가 되고 악마가 되면서 얻은 그의 고유 능력이 발휘된 것이다.

부쩍 상승한 발터 모델군의 항전에 의하여 헬하운드의 숫자도 부쩍 줄었다.

오자서의 돌파력이 서서히 사그라지기 시작했다.

'타깃을 바꾸지! 드워프 총수를 한 놈이라도 더 죽이게. 그리핀 편대가 활약하기 편하게 만들어 주는 거야!'

나폴레옹은 즉각 작전을 변경했다.

오자서는 이에 응하여 마지막 헬하운드까지 드워프 총수들을 죽이는 데 소모했다.

타앙! 타타탕!

"크르릉!"

"크아악!"

"이 똥개들이⋯⋯!"

그렇게 공세는 끝났다.

돌파는 실패로 돌아갔지만 방어선이 붕괴되는 바람에 당한 발터 모델 측의 피해가 꽤 큰 상황.

물론 오자서나 나폴레옹도 똑같이 병력을 소모했으니 비등했지만, 문제는 그들의 본진을 휘젓고 다니는 그리핀 편대였다.

'됐어, 적군의 숫자를 상당히 줄여놓았으니 주도권은 우리가 갖게 됐다.'

나폴레옹이 계속 말했다.

'오자서는 다시 헬하운드를 모으는 대로 끌고 나오게. 내 투석기와 함께 전진 배치하여서 적이 중앙 지역으로 나오지 못하게 봉쇄해 버릴 걸세.'

발터 모델 측이 입은 피해는 상당했다.

그런 와중에 대포를 모으려면 상당한 시간이 걸린다.

하지만 나폴레옹은 방해받지 않고 투석기를 상당히 모은 상황.

먼저 투석기를 전진 배치해서 발터 모델 측을 북쪽 지역에서 나오지 못하게 봉쇄해 버릴 참이었다.

'알겠소.'

'알겠습니다.'

오더를 내린 후, 나폴레옹은 모아놓은 투석기들을 분해한 뒤 일제히 북상시켰다.

원거리 무기 화력에서 앞서고 있는 이때야말로 먼저 전진해 봉쇄선을 구축하기에 좋은 기회였다.

그런데 바로 그때였다.

[계약자 오토 폰 비스마르크님께서 고유 능력을 사용합니다. 300마력이 소모됩니다.]

[병력 소환 및 무기 개발 속도가 일시적으로 30% 증가합니다.]

'뭣?!'

나폴레옹은 깜짝 놀랐다.

'저런 능력을 가진 자였구려. 대포 제작 속도가 3할 빨라졌다는 뜻으로 들리오.'

오자서의 지적이 정확했다.

발터 모델은 나폴레옹이 봉쇄 전략을 펼치리라는 걸 예상했다.

드워프와 휴먼의 대결은 결국 한 번 그어놓은 전선을 경계로 서로 대립한 채 장기전이 되니까.

먼저 라인을 앞당겨 상대의 영역을 축소시켜야 시간이 흐를수록 유리해지는 국지전이었다.

그 국지전에서 지지 않기 위해 능력을 사용했다는 뜻이었다.

고유 능력을 사용해 300마력을 소진했으나, 당장 필요한 대포를 빨리 제작할 수 있게 되었으니 말이다.

이윽고 발터 모델 측에서 대포들이 줄줄이 나오기 시작했다.

강철의 물결!

비스마르크가 능력을 써가며 서둘러 제작한 대포들이었다.

그리핀 편대에 대항하느라 소환했던 드워프 총수들도 함께였다.

적군은 나폴레옹이 봉쇄를 해버리기 전에 중앙 지역에 진출했다.

대포들이 배치되고 전선을 형성했다.

북상하던 나폴레옹의 군세도 목적지까지 가지 못하고 서로 아슬아슬하게 사거리가 닿지 않는 위치에 자리 잡고 전선을 구축해야 했다.

결과적으로 발터 모델 측과 나폴레옹 측은 전장을 4.5대 5.5 정도로 양분한 형국이 되었다.

그나마도 3대 7로 봉쇄당할 뻔했던 걸 비스마르크의 고유 능력으로 급히 조달한 대포로 급한 불을 끈 셈이었다.

그러는 동안 이신의 그리핀 편대는 프랜시스 드레이크의 폭격기 편대와 제공권 다툼을 벌이고 있었다.

쉬쉬쉭—

타타타타타탕!

폭격기가 상당히 늘어난 탓에 아까처럼 활개 치지 못했다.

재빠른 기동과 U턴 샷으로 주도권은 쥐고 있지만, 프랜시스 드레이크는 무리하지 않고 오직 방어에만 치중하며 폭격기 편대를 잃지 않게 아끼고 있었다.

'적은 두 사람이나 고유 능력을 썼소. 꽤나 무리를 했으니 지금쯤 마력 상황이 좋지 않을 터. 당분간은 대포를 많이 제작하지 못할 것이오.'

오자서가 말했다.

'알고 있네. 하지만 이미 놈들이 자리 잡은 뒤라 돌파하기가 쉽지 않아.'

대포와 투석기의 대결.

그것은 먼저 공격하기 위해 상대의 사거리 안에 접근한 쪽이 두들겨 맞고 싸움을 시작하게 된다.

당연히 병력 차이가 약간 있더라도 먼저 치기가 힘들다.

하지만 그렇다고 가만히 있자니, 시간을 주면 발터 모델 측이 어려운 시기를 넘기고 되살아난다.

'이신.'

나폴레옹이 이신을 불렀다.

'역시 그대가 제공권을 장악해야 한다.'

'노력 중입니다.'

이신이 답했다.

'제공권을 장악한 뒤 놈들의 전선을 습격해서 뒤로 철수하게 만들어야 한다. 그래야 봉쇄를 완성할 수 있어.'

쉬운 오더가 아니었다.

프랜시스 드레이크는 폭격기들을 잃지 않도록 매우 조심히 쓰고 있었다.

수시로 고유 능력 '추적'을 써가며 그리핀 편대의 위치를 알아내니, 기습도 당하지 않았다.

폭격기가 건재한 이상 제공권을 장악하기란 어려웠다.

이신은 잠시 생각을 해보다가 대답했다.

'알겠습니다.'

'가능하겠나?'

'시도해 볼 만한 작전이 있습니다.'

이신은 덤덤히 말했다.

폭격기를 일거에 격파하기 위하여 이신도 고심하던 차였다.

마침 생각난 작전이 하나 있었다.

그것은 프랜시스 드레이크의 고유 능력인 '추적'의 사각을 노리는 책략이었다.

*　　　　*　　　　*

지휘관으로서의 발터 모델은 뚜렷한 특징이 하나 있었다.

당시 독일군은 임무형 지휘 체계를 취하고 있었지만, 발터 모델은 명령형 지휘 체계를 선호했다.

즉, 휘하 장교에게 임무와 함께 자율성을 부여하기보다는 철저하게 자신이 직접 통제하는 방식을 선호한 것.

그 탓에 간섭이 너무 많다며 참모들이 불만을 갖기도 했지만, 어쨌거나 그렇게 해서 거둔 발터 모델의 전공(戰功)은 더 설명할 필요도 없다.

'아마 저 팀의 오더 체계도 그러할 것이다.'

비스마르크와 프랜시스 드레이크가 수족처럼 발터 모델의 오더에 따라 섬세하게 통제되고 있을 터.

전체적으로 느껴지는 저들의 통일된 움직임에서 이신은 그렇게 느꼈다.

매우 공격적이고 과감한 성향을 가지고 있는 프랜시스 드레이크가 저렇게 폭격기 편대를 조심스럽게 쓰는 이유도 그 탓일 터.

그건 이신이 보기에 옳은 판단이었다.

그들은 폭격기를 잃어서는 안 된다.

적에게 폭격기 편대가 건제하게 살아 있기 때문에 이신이 그들의 전선을 타격하거나 본진을 교란시키는 일을 못하고 있었다.

초반에는 혁혁한 전과를 올린 이신이나, 시간이 지나서 적 또한 폭격기 편대가 모이니 적극적으로 견제를 펼치기 힘들어졌다.

발터 모델이 아주 잘 판단하고 있는 셈이지만, 이신이 주목하고 있는 것은 바로 프랜시스 드레이크의 본모습이었다.

'넌 그렇게 통제에 충실히 따르는 인간이 아니지.'

무적함대와 결전을 치를 때도 부사령관으로서의 본분을 망각하고 멋대로 대열을 이탈해 낙오된 스페인 함선을 공격하는 등, 해적 근성을 버리지 못했던 프랜시스 드레이크였다.

기동력이 느리더라도 어쨌든 자신의 성향에 맞게 지형지물에 구애받지 않는 폭격기 편대를 보유하게 되었으니, 그 성향이 언제 돌출될 지 알 수 없었다.

이신은 바로 그런 성향을 이용하여서 꾀어내고자 했다.

전과를 거둘 기회를 보여주어서 발터 모델의 통제에서 벗어나 돌발 행동을 하도록 유혹하는 것이다.

그 계획은 마법사가 소환되면서 시작되었다.

이신은 소환된 마법사 2명을 2시 지역으로 이동시켰다.

1시에 위치한 프랜시스 드레이크의 본진과 언덕 하나를 끼고 인접한 지역이었다.

마법사 2명을 언덕 아래쪽에 매복시켜 놓았다.

그리고 그리핀 편대로 하여금 언덕을 넘나들며 폭격기를 꾀어내기 시작했다.

언덕을 넘어 침범하여서 건물을 타격하거나 일하던 드워프 광부를 살해했다.

그러자 자연히 폭격기 편대가 출동했다.

폭격기들이 다가오자 그리핀 편대는 선회 비행을 하며 적당히 도발을 하다가 후퇴하기 시작했다.

폭격기들을 언덕 너머로 유혹하는 것이다.

언덕 너머로까지 쫓아오면, 그때 마법사로 하여금 큰 타격을 입힐 생각이었다.

바로 파이어 스톰!

마법사 2명이 동시에 파이어 스톰 2방을 펼쳐서 폭격기들에게 큰 타격을 입히는 작전이었다.

몰살까지는 아니더라도 폭격기 편대에 심대한 타격을 입힐 수는 있을 터.

그때 그리핀 편대가 일제히 공격하면 폭격기들을 몰살시킬 수 있다.

그러면 나폴레옹이 주문했던 제공권 장악이 완료되는 것이다.

쉬쉬쉭—

"크악!"

그리핀 편대가 또 침범해 그쪽에서 경계를 사고 있던 드워프 총수를 사살했다.

U턴 샷으로 사살한 뒤에 폭격기가 쫓아오기 전에 퇴각.

계속해서 그쪽 방면에서 침투를 시도하자, 폭격기들도 아예 그곳에 상주하면서 방어를 했다.

하지만 언덕 너머로까지 추격하려 하지는 않았다.

'쉽게 넘어오지 않는군.'

그렇게 중얼거린 이신은 다시금 로호샨에게 지시를 내렸다.

'좀 더 적극적으로 폭격기를 도발해라.'

"알겠습니다."

고개를 끄덕인 로호샨은 과감하게 폭격기들에게 U턴 샷을 펼쳤다.

그러자 U턴 샷을 펼치는 순간, 폭격기들이 일제히 앞으로 나서서 공격을 시도했다.

하지만 절묘하게 뒤로 물러섰기 때문에 그리핀 편대는 피해를 입지 않았다.

작심하고 폭격기들에게 시비를 거는 로호샨.

정면으로 제대로 붙으면 당연히 화력에서 밀리는 그리핀 편대의 필패.

그럼에도 빠른 기동력을 이용해 끊임없이 시비를 걸며 약을 올렸다.

상대를 심리적으로 괴롭히는 행동!

프랜시스 드레이크도 분기가 치밀었는지 점점 폭격기가 언덕에 다가오기 시작했다.

하지만 언덕 너머로까지는 추격해 오지 않아서 이신도 내심 애가 탔다.

'조금만 더.'

"맡겨주십시오. 거의 넘어왔습니다."

로호샨이 장담했다.

중앙 지역 쪽에서는 양측의 대립이 점점 심화되고 있었다.

다소 무리를 했던 발터 모델과 비스마르크는 대포 생산이 잠 간 주춤했다.

그러는 동안 나폴레옹의 투석기와 오자서의 헬하운드는 숫자 가 점점 늘어났다.

수적으로는 우세.

하지만 발터 모델의 대포 배치도 워낙에 좋아 공격하기에 애매한 상황.

나폴레옹이 결단을 내린다면 언제든 총공격을 시도해 볼 법도 할 정도의 전력 차이였다.

하지만 만약에 돌파에 성공하지 못하면 큰 피해만 입고 성과 가 없게 되므로 국면이 역전된다.

때문에 나폴레옹은 도박을 하기보다는 이신이 제공권 다툼에 서 성과를 내기를 잠자코 기다렸다.

그리고 마침내,

"옵니다!"

로흐샨이 소리쳤다.

마침내 폭격기들을 언덕 너머로까지 꾀어내는 데 성공한 것이다.

계속되는 도발에 프랜시스 드레이크도 어지간히 스트레스를 받은 상황.

화가 치민 나머지 조금 더 멀리까지 쫓아온 것이다.

사실 그 정도는 경솔한 행동조차 아니었다.

본진 언덕을 살짝 넘은 것뿐이니 말이다.

지금까지 꿋꿋이 참아온 것도 프랜시스 드레이크로서는 인내심을 한계까지 발휘한 것이었다.

하지만 프랜시스 드레이크는 방심했다.

그리핀 편대의 위치를 추적 능력으로 얼마든지 알 수 있었기 때문에, 이목이 지나칠 정도로 그리핀 편대에게 집중되어 있었다.

때문에 언덕을 넘은 순간, 마법을 펼치는 마법사들을 발견 못했다.

"파이어 스톰!"

"파이어 스톰—!!"

화르르르르르르륵!

불길이 폭격기 편대를 집어삼켰다. 불꽃의 폭풍 속에 휘말려 폭격기들은 내구력이 크게 상하고 대열이 무너졌다.

'지금이다!'

도망치던 그리핀 편대가 일제히 뒤돌아서 덤벼들었다.

쉬쉬쉬쉬쉭—

콰르릉!

U턴 샷도 필요 없었다.

집중사격이 가해질 때마다 타깃이 된 폭격기가 격추되었다.

콰르릉!

퍼어어엉!

콰아앙—!

낙엽처럼 1기씩 격추당하는 폭격기.

"크하하하! 다 떨어뜨려 버려라!"

로흐샨이 신이 나서 소리쳤다.

프랜시스 드레이크의 폭격기 편대는 완전히 박살 나버렸다.

부랴부랴 드워프 총수들이 달려와 엄호 사격을 했으나, 그리 핀 편대는 U턴 샷을 펼치며 집요하게 폭격기를 격추시켰다.

발터 모델 측이 제공권 다툼에서 참패를 당하는 순간이었다.

'해냈군!'

'훌륭한 작전이었네!'

나폴레옹과 오자서가 기쁨에 찬 찬사를 보냈다.

'바로 적의 전선을 공략하겠습니다.'

'그렇게 하게.'

그리핀 편대는 타깃을 중앙 지역에서 나폴레옹과 대치하고 있 는 발터 모델의 전선으로 바꿨다.

15마리가량 모인 그리핀 편대.

위에 탄 석궁병의 숫자만 30명이었다.

무기 강화도 꾸준히 이루어진 탓에 공격력은 상당히 강해진 상태.

그리핀 편대가 중앙 지역에 도착하여서 집중사격을 가하자, 대 포가 1기씩 한 방에 파괴되었다.

드워프 총수들이 황급히 대응 사격을 했다.

하지만 그리핀 편대는 특유의 U턴 샷으로 그들의 반격을 피해 다니며 철저히 대포만 노렸다.

대포가 하나둘 파괴되자 그들의 전선에 균열이 생기기 시작했 다.

드워프 총수들이 쫓아다녔지만, 그리핀 편대는 그보다 더 빨리 비행하며 전선의 이곳저곳을 두들겼다.

마침내 기회를 엿보던 나폴레옹이 판단을 내렸다.

'공격!'

나폴레옹이 투석기들을 일제히 분해했다.

그리고 앞으로 끌고 나가 적을 사정거리에 둔 위치에서 다시 조립했다.

동시에 오자서의 헬하운드들이 뛰쳐나가며 대포의 포화를 대신 맞아주었다.

퍼퍼퍼퍼펑—

"깨갱!"

"크르릉!"

헬하운드들이 포화 속에서 죽어나갔다. 하지만 숫자가 워낙 많아 끝없이 달려들고 있었다.

그 틈에 재조립된 투석기들이 일제히 바위를 날렸다.

쿠우웅! 쿠웅! 쾅!

대포들과 투석기들이 치열하게 포격전을 벌였다.

그러는 동안 가까이 접근한 헬하운드들은 드워프 총수 및 드워프 도끼병들과 난투를 벌였다.

이신의 그리핀 편대는 계속해서 활약!

강철의 성채와 같았던 발터 모델 측의 전선이 무너져갔다.

계속해서 나폴레옹은 투석기들을 진격시켰다.

이어서 오자서 또한 헬하운드를 계속해서 소환하여 전투에 투입했다.

그들이 지나간 자리에는 부서진 강철의 파편들이 비산했다.

발터 모델은 전군을 후퇴시켜서 협소한 길목에서 다시 방어선을 구축했다.

끝까지 저항하며 적의 공세를 지연시키는 발터 모델의 수비력은 발군이었다.

[계약자 오토 폰 비스마르크님께서 고유 능력을 사용합니다. 300마력이 소모됩니다.]

[병력 소환 및 무기 개발 속도가 일시적으로 30% 증가합니다.]

비스마르크도 능력을 다시 사용해서 잃은 병력을 빠르게 충원했다.

두 사람이 능력을 남발한 덕에 나폴레옹 일행의 진격은 거기서 멈췄다.

하지만 이미 한 번 승기가 기운 이상, 전황을 역전시킬 수단은 없었다.

무엇보다도 그들의 본진까지 깊숙이 파고든 이신의 그리핀 편대가 다시 분탕질을 치기 시작했다.

드워프 광부를 죽여서 마력 공급을 방해하고, 새로 제작된 대포를 일제히 사격해 부수기도 했다.

돌이킬 수 없어진 상황 속에서 발터 모델 측이 할 수 있는 선택은 이제 하나밖에 없었다.

[악마군주 할파스의 계약자 오토 모리츠 발터 모델님이 패배를 선언하셨습니다.]

[악마군주 보티스의 계약자 오토 폰 비스마르크님이 패배를 선언하셨습니다.]

[악마군주 오로바스의 계약자 프랜시스 드레이크님이 패배를 선언하셨습니다.]

[악마군주 아가레스, 그레모리, 안드로말리우스님의 승리입니다.]

[0승 2패로 악마군주 할파스, 보티스, 오로바스님께서 72악마군주의 축제에서 탈락하셨습니다.]

압승!

사실 그리핀 편대를 활용한 놀라운 전술에 발터 모델 측이 제대로 대응하지 못했을 때 이미 정해진 승부였다.

그래도 폭격기를 꾸준히 모아서 제공권을 방어하고, 나폴레옹의 봉쇄를 피해 중앙 지역으로 진출하면서 어느 정도 대결 구도를 만들어낸 발터 모델의 능력은 대단했다.

하지만 결국 불리한 전황을 돌이키기란 불가능했고, 이신의 책략에 의해 폭격기가 몰살당한 것이 결정적이었다.

"이렇게 참패를 당할 줄은 몰랐군요."

발터 모델이 나폴레옹에게 다가와 악수를 청했다.

나폴레옹은 싱긋 웃으며 악수에 응했다.

"우리가 운이 좋았네."

발터 모델은 고개를 저었다.

"이번 승부에 행운은 없었습니다."

"뭐, 사실 그렇기는 하지."

나폴레옹은 씨익 웃으며 너스레를 떨었고, 발터 모델도 따라 웃었다.

"사실 제가 원하는 대로 팀이 이루어졌을 때, 최종 승자가 되는 것까지 가능하다고 생각했습니다. 그런데 이렇게 좌절하다니……"

"확실히 3드워프는 강력했네. 보통의 방법으로는 이길 수가 없었어."

"이렇게 된 이상 제 체면을 위해서라도 꼭 최종 승자가 되어주시길 바랍니다."

"노력해 보지."

발터 모델은 그렇게 실망한 악마군주 할파스와 함께 떠났다.

비스마르크, 프랜시스 드레이크도 떠났다.

프랜시스 드레이크는 맺힌 게 많았는지 이신을 한 번 무섭게 노려보는 걸 잊지 않았다.

이제 최종 승리까지 코앞이었다.

제2장

알렉산드로스

　"악마군주 바알의 계약자 알렉산드로스도 역시 강력했네요."

　그레모리가 말했다.

　그녀가 가져온 소식에 의하면, 알렉산드로스 팀 또한 바야투르 팀을 격파했다고 한다.

　놀랍게도 2대 0의 압승!

　"싸움의 내용은 어땠는지 알고 싶습니다."

　"듣기로는 조금의 변수도 없었다고 하네요."

　"변수도 없었다?"

　그 말을 듣고서 이신의 안색이 어두워졌다.

　프로게이머로서 수없이 승부를 치러본 이신은 그게 무슨 뜻인지 잘 알았다.

그건 완벽한 압살(壓殺)이었다.

상대가 어떤 전략을 쓸지를 알면서도 속수무책으로 당했다는 뜻이었다.

프로의 세계에서도 그런 경우가 간혹 출현했다.

e스포츠의 전대 레전드 최환열은 현란한 컨트롤로 난전을 펼쳐 당대의 괴물 플레이어들을 모조리 무릎 꿇렸다.

그리고 이신.

자신 또한 전설 같은 2기갑 빌드로 신화를 썼다.

기갑 정거장 2채를 먼저 짓는 빌드 오더로 시작.

고속전차를 일찍 생산해 공격적인 견제 플레이를 펼친다.

그 공식을 모두가 알고 있었는데도 아무도 막을 수가 없었다.

당시로서는 천지개벽과도 같았던 이신의 스피드와 플레이 템포를 아무도 따라잡지 못했던 것이다.

그 뒤로는 보다 다양한 전략과 심리전까지 구사하며 무적의 명성을 이어갔지만 말이다.

"변수가 없었다면 알렉산드로스 측이 어떤 전략을 펼칠지를 알면서도 당해내지 못했다는 뜻이 됩니다."

"듣기만 해도 정말 강력하게 느껴지네요."

"예, 우리는 숨겨왔던 그리핀 전략을 펼쳐서 승리했지만, 알렉산드로스는 그럴 필요가 없었죠. 그냥 압도적으로 강력했다는 뜻입니다."

알렉산드로스, 항우, 조아생 뭐라.

이 셋의 조합이 만들어낸 시너지가 그만큼 대단한 것이다.

'전략 컨셉이야 뻔한데……'

바로 망치와 모루 전술.

필리포스 2세가 확립했으며, 그 아들 알렉산드로스에게 수많은 승리를 가져다준 전술 말이다.

항우와 조아생 뮈라의 기마군단은 더없이 강력한 망치.

그리고 중군(中軍)을 맡은 알렉산드로스는 마물 종족 특유의 기동력과 생산력으로 매우 빠르고 변화무쌍한 모루가 될 터.

'일반 보병도 아니고 마물 병력이 중군이니 전광석화 같은 용병술을 펼치겠군.'

바야투르도 이름을 떨친 유목민족의 정복자.

그와 비슷한 전술을 구상했을 터였다.

하지만 그조차도 따라잡지 못할 만큼 알렉산드로스의 전술이 빠르고 강력했다는 뜻이 된다.

'그리핀 전략도 무리겠지.'

오크궁기병은 폭격기와 달리 빠르기 때문에 U턴 샷으로 큰 피해를 주기 어려웠다.

언덕이 많은 지형이라면 활용 가치가 있겠지만, 제13 전장 그레이어스는 언덕보다 강이 더 많아서 오크궁기병의 시야를 방해하는 지형지물이 없었다.

오히려 그리핀 편대에 마력을 투자한 바람에 지상군이 부족해 지상전에서 밀려 더욱 고전을 할 게 분명했다.

"어떤가요? 최종 우승은 가능할까요?"

"좀 더 생각해 봐야 할 것 같습니다. 확실히 가장 어려운 상대임은 확실합니다."

"여기까지 온 이상 어떻게든 최종 승자가 되었으면 좋겠어요. 지금까지 해왔던 것처럼 카이저가 실력 발휘를 해주셨으면 좋겠네요."

그녀 또한 마력을 무엇보다도 중시 여기는 악마였다.

72악마군주의 축제에서 최종 승자가 되면 부여되는 보상이 무려 70만 마력!

단숨에 상위 서열로 발돋움할 기회였다.

이제는 단 한 번의 대결만 남겨놓고 있으니 막연한 목표도 아니었다.

그러니 그레모리도 욕심이 안 날 수가 없었다.

"노력하겠습니다. 저 또한 욕심이 납니다."

최고이고 싶은 이신의 승부욕은 마계에서도 마찬가지였다.

1위를 향해 갈 수 있는 최단 루트를 포기할 리 없었다.

*   *   *

나름대로 고민을 하던 이신은 나폴레옹의 부름을 받고 오자서와 함께 모여 대책 회의를 가졌다.

"일단 주도권은 시작부터 저쪽에게 있다고 봐도 무방합니다."

이신이 먼저 말을 열었다.

"그렇겠지. 우리는 방어적인 입장에서 초반을 보낼 수밖에 없으니까."

오자서가 동의했다.

이신이 계속 말했다.

"제가 지금까지 서열전에서 딱 한 명에게 졌었는데, 그 상대가 조아생 뮈라입니다."

"호오? 어떻게 졌지?"

나폴레옹이 흥미를 드러냈다.

이신은 그때의 기억을 떠올렸다.

조아생 뮈라는 그때 상상도 못했던 방식으로 기습을 걸어왔다.

"오크 노예에 빙의해서 공격하더군요."

그때 이신은 궁병도 아직 소환되기 전이라 무방비했다.

설마 정찰을 온 오크 노예가 그렇게 무서운 힘을 발휘해 공격하리라고는 생각지도 못했던 것이다.

"하하하! 녀석의 주먹질 솜씨라면 오크 노예로도 능히 피해를 줄 수 있지."

나폴레옹이 웃음을 터뜨렸다.

"그것과 똑같은 짓을 조아생 뮈라와 항우가 함께해 온다면 그것도 위협적이겠구려."

오자서가 의견을 냈다.

조아생 뮈라와 항우가 함께 오크 노예에 빙의하여서 습격할 수 있다는 것이었다.

그 말에는 나폴레옹도 진지한 얼굴로 고개를 끄덕였다.

"그렇겠군. 분명 그런 방식으로도 한 번쯤 기습을 걸어올 수 있을 테지. 설령 실패하더라도 큰 손실이 없으니까 상대측 입장에서는 부담 없는 작전이야."

실패해 봤자 오크 노예 둘을 잃을 뿐이니 시도 안 할 이유도 없었다.

이신이 말했다.

"그건 제가 방어하겠습니다. 콜럼버스와 치유 능력으로 커버할 수 있습니다."

"그렇군. 그럼 그건 이신 그대에게 맡기지. 하지만 문제는 중반부터로군."

중반부터 오크창기병이 슬슬 활동을 시작한다.

오크궁기병까지 가세하면 말 타고 활을 쏘는 골치 아픈 적이 전장을 누빌 것이다.

심지어 그 기마군단을 지휘하는 사람은 바로 항우와 조아생 뭐라!

중반부터 두 오크 기마군단이 펼칠 강력한 압박은 상당히 크다.

"투석기로 전선을 탄탄히 하면 뚫릴 일은 없겠으나, 이쪽도 함부로 바깥으로 진출을 못하겠구려."

오자서가 근심 어린 목소리로 말했다.

당연한 일이었다.

심시티로 방어선을 구축하고 투석기가 배치되면 돌파당할 일은 없을 것이다.

하지만 이쪽 또한 방어만 굳힐 뿐, 함부로 나갈 수 없다.

넓은 중앙 지역에서 붙으면 필패!

넓고 트인 지형에서는 빠른 기마군단이 투석기에 접근해서 때려 부수기 용이하다.

결국 전장의 중앙 지역을 알렉산드로스 측이 장악하게 된다.

그걸 바탕으로 그들은 마음껏 마력석 채집장을 늘려 지어가며 마력상의 우위를 차지할 것이다.

풍부한 마력으로 병력을 꾸역꾸역 소환할 것이고, 그런 물량을 바탕으로 끊임없이 공격한다.

세 사람은 여러 가지 상황을 상정하고서 토론을 했다.

결국 나폴레옹이 결론을 내렸다.

"4할이다."

"4할?"

이신과 오자서가 의문을 드러냈다.

나폴레옹이 말했다.

"어찌 되었건 초반과 중반에 우리는 방어를 취할 수밖에 없는 입장일세. 우리가 조금 더 유리해지는 후반까지 버티고 기다려야 하지."

"그때까지 전장의 4할까지는 지켜내자는 뜻이구려."

오자서가 나폴레옹의 의중을 알아차렸다.

"맞네. 그 이상 전장을 적에게 잠식당하면 후반에 접어든다 해도 우리가 만회할 기회가 없을 정도로 마력 차이가 나게 되지."

튼튼히 방어에 전념하여서 전장의 6할에 달하는 면적을 적에게 내주더라도, 나머지 4할을 지키자는 뜻이었다.

"후반이 되어서 투석기와 기사단과 마법사의 조합이 갖춰지면 그때부터는 해볼 만한 싸움이 되지. 그때까지는 철저히 디펜스를 견고히 하는 쪽으로 하겠다."

결국 발터 모델의 3드워프가 보여주었던 장기전 컨셉이었다.

참고 참다가 화력이 막강해지는 후반에 단번에 승부를 본다는 뜻이었다.

'정석이다.'

이신은 속으로 생각했다.

하지만 만약 위치상 서로 떨어져서 함께 연계하여서 디펜스하기 어려워진 상황이 된다면?

그렇게 되면 발 빠른 적에 의해 아군이 서로 고립된 채 각개격파당하는 형국이 나타난다.

이 점을 지적하자 나폴레옹은 쓴웃음을 지으며 말했다.

"그때는 우리가 먼저 초반에 기습 작전을 벌여 승부를 봐야 하지 않겠느냐."

"그렇긴 합니다."

"그 상황이 되면 이신 그대가 선봉이 되어야 하니 잘 부탁하네."

"알겠습니다."

*   *   *

"소원이 무엇이냐? 내가 이루어줄 수 있다."

한밤에 어둠을 틈타 접근한 노인이 물었다.

노인의 모습으로 분장하여 접근한 자는 바로 악마군주 바알이었다.

그 질문에 어린 청년이 말했다.

"세계의 왕이 되고 싶다. 가능한가?"

"비슷하게 만들어줄 수는 있지. 그것이 소원이냐?"

어린 청년은 잠시 고민하다가 다시 말했다.

"신이 되고 싶다."

"욕심을 과하게 내는구나."

악마군주 바알은 음산하게 웃었다. 바알의 말이 이어졌다.

"뭐, 좋다."

"날 신으로 만들어줄 수 있다고?"

"신이라 불리게 해줄 수는 있지."

어린 청년은 눈살을 찌푸렸다.

"모호한 대답이군."

"들어줄 수 있는 소원은 한계가 있지. 나는 계기와 기회를 만들어줄 뿐, 운명을 만들어나가는 것은 결국 너 자신에 달린 일이니."

"운명이라……."

"자격이 없는 자가 세계의 왕이 되고 신이라 불리게 되는 걸 너는 납득할 수 있느냐?"

"내게 자격이 없다는 것이냐?"

어린 청년은 금방 성을 냈다.

악마군주 바알이 말했다.

"그건 네 스스로 확인해 볼 일이지."

어린 청년은 잠시 눈을 감고 생각했다.

이윽고 눈을 떴다.

"좋아, 내게 자격이 있는지 없는지 확인해 보겠어."

"확인할 수 있는 기회를 내가 주도록 하마. 넌 내가 소원을 들어주길 원하느냐?"

"원한다. 그 대가로 내가 당신에게 무엇을 주어야 하지?"

"네가 네 자신의 야망을 위해 싸웠듯이, 죽고 나면 나를 위해 싸워주면 된다."

악마군주 바알은 72악마군주의 서열 다툼에 대해 설명해 주었다.

어린 청년은 씨익 웃었다.

"재미있겠군. 좋다."

"그럼 계약은 이루어졌다."

어린 청년의 이름은 알렉산드로스 3세 메가스.

마케도니아의 대왕 필리포스 2세의 아들이었다.

악마군주 바알과 계약할 당시, 알렉산드로스는 처지가 별로 좋지 못했다.

필리포스 2세는 그리스를 정복하고 돌아와 자신의 측근 장군의 조카 클레오파트라 유리다이스와 사랑에 빠져 결혼했다.

이 둘의 혼인은 순수 마케도니아 혈통 간의 결합이었기에, 혼혈인 알렉산드로스의 왕위 계승권을 위협했다.

심지어 알렉산드로스는 그 바람에 아버지 필리포스 2세와 불화가 생겨 추방당한 처지였다.

후에 클레오파트라는 자식들을 낳으면서 알렉산드로스의 위치를 계속 곤경에 처하게 만들었다.

그러한 상황에서, 악마군주 바알은 아주 쉽게 자신의 계약자에게 기회를 주었다.

필리포스 2세가 갑작스럽게 암살을 당해 죽어버린 것이다.

후계자를 지명하지 못하고 죽자, 군대는 그리스 정복에 기여한 알렉산드로스의 편이 되었다.

그렇게 왕위에 오른 알렉산드로스의 활약은 역사에 기록된 대로였다.

살아생전에 전쟁에서 진 적이 없었던 알렉산더.

끝내 세계의 왕에 누구보다도 가깝게 근접했으며, 인간으로서 신이라 불렸다.

그런 자부심이 있었기에 알렉산드로스는 자신이 최고라는 것을 언제나 증명하고 싶어 했다.

'나폴레옹 보나파르트!'

부동의 서열 1위 자리를 빼앗은 장본인이었다.

1위 자리를 빼앗고 나서는 철저하게 자기가 유리한 전장 하나만을 골라서 알렉산드로스의 도전을 번번이 물리쳤다.

한두 번은 허를 찌르는 전략으로 승리를 거둘 수 있어도, 서열전이 수없이 반복되면 결국 전장의 지리적 특성이 크게 영향을 끼칠 수밖에 없었다.

알렉산드로스는 상당히 분전을 했지만, 해당 전장의 지리적 특성을 잘 이해하고 철저하게 지지 않는 안전한 전략을 구사하는 나폴레옹을 당해내기 어려웠다.

이번 축제는 그런 상황을 타개할 수 있는 좋은 기회였다.

제13 전장 그레이어스는 평소처럼 나폴레옹에게 유리한 전장이 아니었다.

'이 기회를 기다렸다. 제13 전장에서 네 녀석을 실력으로 완전히 꺾어주마.'

알렉산드로스는 승리를 완전히 확신하고 있었다.

*　　　　*　　　　*

"피로스의 승리를 아나?"

"물론입니다."

모의전을 치르다가 잠시 쉬고 있을 때, 나폴레옹이 문득 말을 건넸다.

피로스의 승리란, 에페루스의 왕 피로스의 이야기였다.

전쟁의 귀재였던 피로스는 싸울 때마다 승리를 했다.

하지만 전쟁에 정신이 팔려 국력을 소진한 끝에 에페루스는 멸망하고 말았다.

그래서 피로스의 승리라는 표현이 생겼는데, 전쟁에서 이겼지만 나라는 망한, 상처뿐인 승리를 뜻했다.

후일담으로 한니발 장군은 최고의 전략가를 논할 때 1위를 알렉산드로스, 2위로 피로스를 꼽고 스스로를 3위라 한 바 있었다.

"그럼 피로스가 알렉산드로스의 6촌 동생인 건 아나?"

"그건 몰랐습니다."

거기까지는 몰랐던 이신이었다.

그런데 생각해보니 알렉산드로스의 모친 올림피아스는 에페루스 왕족 출신.

시대도 비슷했으니 충분히 혈연이 있을 법했다.

"피로스 또한 알렉산드로스와 비슷한 과정을 통해 계약자가 되었다. 세계의 왕이 되고 싶다고 소원을 요구했고, 악마군주 몰렉은 능력껏 해보라고 기회를 주었지."

그 피로스도 계약자로 있었다니 퍽 흥미로웠다.

하기야 알렉산드로스라는 대어(大魚)가 출현했던 시기였다.

알렉산드로스 같은 엄청난 인재를 찾던 악마군주들이 눈에 불을 켜고 물색하다가 피로스를 발견했을 법도 했다.

"기회를 받아 에페루스의 왕이 되었으니 끊임없이 전쟁을 벌였던 피로스의 심정도 이해는 가지. 알렉산드로스도 기회를 받으니 페르시아 정복으로 만족 못 하고 무리해서 인도까지 치지 않았나."

피로스는 이탈리아와 시칠리아의 패권을 장악하기 위해 로마, 카르타고 등과 치열하게 싸웠으나 결국 뜻을 이루지 못했다.

전쟁에는 능했으나 정치적·전략적 안목이 부족하여 국력만 쇠진한 실속 없는 승리만 거듭한 까닭이었다.

이야기를 듣던 이신은 문득 질문을 했다.

"당신도 그런 식으로 계약을 한 겁니까?"

그 물음에 나폴레옹은 한 방 먹었다는 표정이 되었다.

"비슷하지. 하하, 그러고 보니 말로도 비슷하군."

껄껄 웃은 나폴레옹은 계속 말했다.

"하지만 엄밀히 말하자면 난 세계의 왕이 되고 싶다고 거창한 소원을 빌지는 않았다. 그때는 그런 걸 꿈꾸기도 벅찰 정도로 다급했던 때였거든."

나폴레옹이 악마군주 아가레스와 계약한 것은 공포정치를 펼쳤던 로베스피에르가 몰락했던 시기였다.

나폴레옹의 정치적 후견인이 바로 그 로베스피에르의 동생 오귀스탱.

로베스피에르가 몰락하고 동생 오귀스탱도 단두대의 이슬로 사라지자, 오귀스탱의 후원을 받았던 나폴레옹까지 자코뱅파로 몰려 감옥에 수감되었다.

언제 처형당할지 모르는 상황 속에서 나폴레옹은 결국 악마군주 아가레스와 계약을 했다.

소원은 이 위기에서 벗어나는 것.

"소원은 겨우 그거였습니까?"

이신이 의아해져서 물었다.

아가레스 같은 엄청난 악마군주와의 계약이었다.

이왕 소원을 빌 거면 알렉산드로스처럼 야망에 찬 꿈을 얘기해도 되지 않았을까 싶었다.

"'겨우'라니? 내 목이 언제 날아갈지 모르는 판국이었는데."

"하긴 그랬겠군요."

이신은 납득했다.

역사책으로 보자면 하나의 사건에 불과했지만 당사자 입장에서는 보통 심각한 문제가 아니었으리라.

나폴레옹은 화제를 돌렸다.

"아무튼 어제 피로스를 만나고 왔네."

"어제 말입니까?"

이신이 놀라 묻자 나폴레옹은 고개를 끄덕였다.

"피로스는 이번 축제에서 바야투르와 한편이었네."

나폴레옹의 설명에 따르면, 피로스의 종족은 엘프였다고 한다.

바야투르의 종족은 오크였으며, 남은 한 명의 계약자는 바로 마물을 다루는 올리버 크롬웰이었다.

즉 오크, 엘프, 마물.

"종족 구성이 나쁘지 않군요. 역시나 초중반에 상당히 빠른 기동성을 무기로 싸우는 공격적인 조합이었을 듯합니다."

"여러 가지 변수를 만들어내는 엘프로 포함되어 있으니 오히려 상대적으로 주도권을 더 잡기 용이했을 듯하오만."

가만히 대화를 듣고 있던 오자서도 의견을 냈다.

나폴레옹은 고개를 끄덕였다.

"맞는 말일세. 실제로 그들도 그렇게 전략을 구상하고 자신만만하게 대결에 임했다는군."

하지만 결과는 소문으로 들었다시피 완패. 알렉산드로스의 압도적인 승리였다.

"내가 아는 피로스는 전술 하나는 그야말로 눈부실 정도인 실력자일세. 계산에 약해 큰 틀의 전략에서는 뒤떨어지는 면이 있지만, 전투에서 승리해서 전황을 극복한 적이 수없이 많지."

엘프는 엘프 스나이퍼나 엘프 어쌔신, 정령 등 전투 시 변수를 일으키는 병과가 상당히 많았다.

전술의 귀재인 피로스가 엘프로 실력 발휘를 했다면 필시 엄청난 위력이 나왔을 터.

그럼에도 불구하고 어찌해 볼 틈도 없이 속수무책으로 당했다면…….

"알렉산드로스가 정말 강력한 듯하구려."

"항우와 조아생 뮈라가 알렉산드로스에게 제대로 날개를 달아준 것 같더군."

그런 이야기를 들으니 상대에 대한 경계심이 더욱 강해졌다.

하지만 이신은 묘한 의문을 느꼈다.

'중반 타이밍에 강한 종족 조합이라는 건 알겠는데, 그렇게까지 강한가?'

2오크 1마물이니 초중반에 주도권을 꽉 잡고 전황을 원하는 대로 이끌어나갈 것임을 틀림없었다.

하지만 종족은 저마다의 장점이 있었다.

2휴먼 1마물인 이쪽은 방어로 일관하다가 중후반에 투석기와 마법사 등 큰 전투에서 막강한 위력을 발휘하는 전력이 마련되었을 때 치고 나가면 된다.

예를 들면 얼마 전에 겨뤘던 발터 모델의 3드워프가 있다.

강력한 후반 지향적인 조합.

대포와 폭격기가 제대로 모였다면 그들을 절대로 이기지 못했을 터였다.

발터 모델이 알렉산드로스 팀과 겨뤘다면 제법 볼 만한 대결이 나왔을 거라고 생각하는 이신이었다.

'얼마나 대단한지 한번 보면 알겠지.'

어쨌거나 이제 축제의 마지막 대결이었다.

너무 마계에 오래 있었던 터라 이제 슬슬 현실 세계로 돌아가고 싶었다.

서열전도 흥미롭기는 마찬가지지만, 이제 슬슬 진짜 마우스와 키보드로 게임을 하고 싶다는 생각이 들었던 것이다.

'돌아가면 바로 그랑프리인데 적응하려면 큰일이겠군.'

*   *   *

제13 전장 그레이어스에 악마군주들과 계약자들이 모였다.

전례 없이 무거운 공기가 전장에 감돌았다.

단지 축제의 마지막 싸움을 앞둔 비장한 분위기 때문만이 아니었다.

서열 1위 악마군주 아가레스.

서열 2위, 전 서열 1위 악마군주 바알.

72악마군주의 정점을 다투는 두 군주의 등장에 거대한 두 마력이 대립하여서 중압감을 만들어 내는 것이었다.

마계에서 가장 많은 마력을 가진 두 존재가 한자리에 모여 마주쳤으니, 폭풍이 불어올 것 같은 중압감이 몰아쳤다.

ㅡ안녕하신가.

"하도 자주 봐서 인사도 지겹군."

아가레스의 인사에 바알이 맞장구쳤다.

늙은 현자의 모습을 하고 있는 아가레스.

그리고 머리에 왕관을 쓰고 허리에 검을 찬 젊은 남자의 모습을 한 바알.

두 악마군주는 그렇게 서로를 응시하고 있었다.

ㅡ그렇지 않아도 평소에도 수없이 보는 사이인데, 설마하니 축제에서도 보게 될 줄은 몰랐군.

"이런 좋은 기회를 놓칠 수가 있어야 말이지. 그나저나 그쪽이야말로 여기까지 올라올 줄은 몰랐군. 일대일이라면 몰라도, 승부가 예측불허라 최상위에 있던 악마군주들도 줄줄이 떨어졌는데 말이야."

ㅡ누구 좋으라고 순순히 져줄까. 마력 80만은 나로서도 상당히 큰 판 아닌가.

앙숙치고는 마치 친구처럼 태연자약하게 대화를 나누는 두 사람.

그도 그럴 것이, 그들이 평소에 치르는 서열 다툼은 한 번에 결판이 나버리는 방식이 아니었다.

한 번 붙었다 하면 1할 이상의 마력 격차가 생겨 더 이상 도전할 수 없을 때까지 계속 겨루는 방식이 아닌 것이다.

기본적으로 서열전에서 피도전자는 도전자보다 유리한 입장에 선다.

전장을 고를 수 있고, 배팅할 마력량을 1만 이상 5만 이하로 마음대로 선택할 수 있다.

도전자는 피도전자가 원하는 전장에서 원하는 만큼 마력을 배팅한 채 대결에 임해야 하는 것이다.

그렇다면 도전자는 무조건 불리한 것일까?

결론부터 말하자면 그렇지 않았다.

특히나 최상위 서열에서는 도전자 또한 나름대로 유리한 이점이 하나 있다.

그것은 바로 언제 싸우고, 언제까지 싸울지를 선택할 수 있다는 점.

피도전자는 자격을 갖춘 도전자의 도전을 거절할 수 없다.

때문에 설령 계약자의 컨디션이 좋지 않다 하더라도 도전을 받아들이는 수밖에 없다.

바알은 이를 이용하여서 알렉산드로스가 기세를 탔을 때는 계속 도전을 하다가, 반대로 나폴레옹이 분위기를 타면 도전을 중단하는 등의 수법으로 페이스 조절을 했다.

싫어도 싸워야 한다는 중압감은 생각보다 컸다.

그 같은 방법으로 인해 나폴레옹은 한때 크게 궁지에 몰려, 양측의 마력 격차가 한때 3만 이내까지 좁혀진 적도 있었다.

아가레스 또한 배팅을 조절하며 나폴레옹이 비장의 전략을 준비했을 때 5만을 배팅하는 방식을 썼다.

그렇게 양측의 서열 다툼은 단번에 끝나는 것이 아닌, 일상과도 같은 기나긴 장기전이었던 것이다.

당연히 늘 마주치고 서로를 편하게 대한다.

하지만 오늘은 평소와 달랐다.

48인의 악마군주가 5만씩 마력을 내고 참가하여서 총 240만 마력이 걸린 엄청난 대결!

이기면 셋이 나눠서 일인당 80만 마력씩을 얻게 되는 엄청난 스케일의 판이었다.

80만 마력이라면 최상위권에서도 서열이 바뀔 수밖에 없는 양이었다.

최고의 악마군주라는 명예가 달려 있으니 아가레스도 바알도 절대로 양보할 수가 없었다.

"들어라—!"

악마군주 바알이 문득 크게 소리쳤다.

"나에게 승리를 가져와라!"

이는 같은 편인 두 악마군주와 세 계약자에게 하는 소리였다.

"내게 승리를 가져다주는 계약자와 악마군주에게는 5만 마력씩을 하사하겠노라! 이는 나의 계약자에게도 똑같이 해당된다."

전장이 한차례 술렁거렸다.

한마디로 가장 활약하여 승리에 기여한 쪽에게 마력을 선물하겠다는 뜻이었다.

5만!

이는 최하위 악마군주와 비슷한 수준의 마력이었다.

실제로 그레모리가 72위였을 때 보유했던 마력량이 6만 5천이었으니 말이다.

이 상을 받게 되면 계약자조차도 단숨에 악마군주 급의 악마로 발돋움할 수 있다.

그런 어마어마한 포상을 내건 것.

물론 이기면 80만 마력을 얻을 수 있기 때문에 내걸 수 있는 통 큰 결정이었다.

사기를 돋워 기세를 타기 위한 악마군주 바알의 노련함이 엿보이는 선언이었다.

―허허허, 그거 좋은 생각이군.

악마군주 아가레스도 지지 않았다. 가만히 있으면 이쪽이 기세에서 밀릴 수 있었다.

―우리도 그렇게 하지. 가장 뛰어난 활약을 해서 승리에 기여한 계약자와 그 악마군주에게 5만 마력씩 주지. 모쪼록 분발하길 바라네.

분위기가 한껏 달아올랐다.

알렉산드로스는 이글거리는 눈빛으로 나폴레옹을 바라본다.

그 뒤에 선 항우와 조아생 뮈라 또한 기필코 그 5만 마력을 받고야 말겠다는 의지가 표정에서 드러났다.

그들이 있는 서열은 5만 마력으로도 순위가 변하기 때문에 그만큼 더 의지가 컸다.

                    *   *   *

　72악마군주의 축제는 한 번도 시행된 바 없는 이벤트이니만큼
이변도 많았다.

　서열 8위의 악마군주 바르바토스와 그의 계약자 바야투르.

　서열 12위의 악마군주 할파스와 그의 계약자 발터 모델.

　서열 3위부터 7위까지의 쟁쟁한 이들을 모두 제치고 그들이
살아남은 최후의 4팀에 속한 것이다.

　개인의 능력만으로는 최후의 승자가 될 수 없다!

　72악마군주의 축제는 그 교훈을 모두에게 각인시킨 계기가 되
었다.

　서열전의 진정한 목적을 되새겨 보라는 마신의 충고.

　일대일이 아닌 보다 큰 규모의 전쟁에서는 서로의 화합과 연계
에 힘쓴 악마군주가 승리한다는 사실을 되새기게 해준 것이다.

　하지만 축제의 최후의 대결은 역시나 모두의 예상대로였다.

　서열 1위의 악마군주 아가레스와 서열 2위의 악마군주 바알의
대결이 된 것이다.

　과연 72악마군주의 정점에 선 이들다운 결과였다.

　그들의 자존심 싸움이 이제 시작되려 하고 있었다.

　'드디어 이곳에서 마주쳤나.'

　알렉산드로스는 기대 어린 눈길로 나폴레옹 일행을 주시했다.

　나폴레옹, 오자서, 그리고 이신.

　사실 알렉산드로스에게 가장 신경 쓰이는 인물은 다른 누구

도 아닌 이신이었다.

아직 살아 있다는 신참 계약자.

알렉산드로스의 입장에서는 상대 계약자가 살아생전에 얼마나 큰 업적을 세웠고 명성을 떨쳤는지는 그다지 관심이 없었다.

계약자들 대부분 알렉산드로스보다 후기(後期)에 활약한 터라 이름도 들어보지 못했고, 얼마나 대단했든 자신보다 위대한 인물은 없을 거라는 자신감도 컸다.

하지만 아직 인간으로서 살아 있는 젊은 계약자는 오히려 관심이 갔다.

시대가 흐를수록 전쟁은 더 발전되고 복잡해졌고, 이에 익숙한 계약자들은 나폴레옹이 그랬듯이 서열전에서 남다른 감각으로 활약하는 면이 있었던 것이다.

시대가 발전하듯이, 서열전 또한 그렇게 계속 유입된 신입 계약자에 의하여 끊임없이 발전됐다.

그럼에도 알렉산드로스가 오랜 세월 동안 2위 아래로 떨어져 본 적이 없었던 비결은 연구를 게을리하지 않았기 때문이었다.

유연한 사고방식으로, 새로운 패러다임을 경험하면 곧장 받아들여 자신의 것으로 만드는 데 능했다.

그것이야말로 알렉산드로스의 최대 장점이었다.

'확실히 다르긴 하더군.'

연회장에서 단편적인 영상으로 보았던 이신의 활약은 실로 놀라운 것이었다.

자기 휘하의 군대를 지휘하는 것이 아니라, 마치 인형들을 조종하듯이 병력을 이끌어 기민한 움직임을 펼치던 모습에서 알렉산드로스는 감탄을 금치 못했다.

'그런 식으로 하면 정신적으로 소모가 클 텐데, 정말 대단한 정신력이군.'

멀티태스킹과 키보드·마우스를 모르는 알렉산드로스로서는 이신의 지휘 방식이 놀라울 따름이었다.

어쨌든 단순한 용병술로 국면 전체를 좌우할 수 있다는 것을 이신은 보여주었고, 그걸 보고서 알렉산드로스도 많은 영감을 얻었다.

축제가 끝나면 본격적으로 연구를 해볼 참이었다.

'종족 구성이 안 좋다고 생각했는데, 이제 보니 보나파르트 녀석이 지명을 정말 잘한 거였어.'

팀에 휴먼이 2명이나 있는 건 아무리 생각해도 단점이었다.

하지만 그걸 감수하고서라도 이신을 첫 지명한 나폴레옹이 살짝 얄밉기도 했다.

잘도 인재를 먼저 알아보고 선점하지 않았는가!

"이신 저 녀석은 각별히 주의해야 할 겁니다."

때마침 같은 팀의 조아생 뮈라가 다가와 한마디 했다.

"알고 있다."

"물론 아시겠지요. 그런데 연회장에서 본 것처럼 용병술만 능한 게 아니라, 전략적 판단도 귀신같이 정확합니다. 제가 녀석의 조언을 들은 덕에 서열전에서 승리한 적이 많았거든요."

"그런가. 그 정도의 실력자라면 오래지 않아 최상위 서열로 올라올 수 있겠군."

알렉산드로스가 말을 이었다.

"하지만 기본적으로 저 팀의 종족 구성에서 한계가 뚜렷하다. 나폴레옹이 뭘 할지는 눈에 보일 듯이 뻔하지."

나폴레옹과 수없이 겨뤄봤던 알렉산드로스였기에 쉽게 예상이 갔다.

"수비에 전념하고 고급 병력을 마련하면 비로소 힘을 발휘한다. 그때까지 불리한 지상전 격차는 마법사나 열기구를 이용한 기교로 극복하려 할 것이다."

알렉산드로스는 이신을 보며 말을 이었다.

"그런 기교를 펼치는 사람은 바로 저 신참 계약자 녀석이겠지. 녀석이 나폴레옹의 무기다."

"달리 말하자면 저놈만 꺾으면 된다는 뜻 아니오."

항우가 큰소리를 쳤다.

알렉산드로스는 고개를 끄덕였다.

"그래, 그러니 너희는 전장을 샅샅이 누비며 저 녀석이 무언가 이상 행동을 하는 것을 감시하고 차단해라. 그 역할만 제대로 해내면 승리는 완벽하게 우리의 것이다."

"알겠소."

"분부에 따르겠습니다."

항우와 조아생 뮈라가 대답했다.

늘 단언하는 듯한 알렉산드로스의 확신에 찬 말투는 묘한 신뢰감을 불러일으키곤 했다.

그리고 마치 신의 예언처럼, 그의 말은 지금껏 틀린 적이 없었다.

[72악마군주의 축제를 시작합니다.]
[악마군주 아가레스, 그레모리, 안드로말리우스 님 대 악마군주 바알, 아미, 벨리알 님의 서열전입니다.]
[서열전은 총 5회의 싸움으로 진행되며, 3승을 먼저 거둔 쪽이 승리합니다.]
[승자는 72악마군주의 최종 승자가 되어 240만 마력을 획득합니다.]
[종족을 선택해 주십시오.]

계약자들이 모두 종족이 골랐고, 그렇게 서열전이 시작되었다.

* * *

'드디어 시작됐군.'
가슴이 뛰었다.
처음 프로로 데뷔하여서 결승전 무대에 오른 기분이었다.
아니, 그때보다 더 두근거린다.
그때는 4강전에서 이미 최환열을 격파한 뒤라 우승을 확신한 상태였다.
하지만 지금은 알렉산드로스라는 강적이 상대였다.

강하다는 소문을 하도 많이 들어서 이신은 한껏 고양된 상태였다.

'일대일로 붙어보고 싶군.'

저 알렉산드로스 대왕을 만났는데, 아쉽게도 3 대 3 대결!

변수가 너무 많아서 순수한 실력만 가지고 승패가 갈리지 않는다.

언젠가는 알렉산드로스는 물론이고 한신이나 바야투르처럼 최상위 서열에 포진해 있는 영웅들과 겨뤄보고 싶은 이신이었다.

그러기 위해서는 일단 여기서 승리를 거둬 축제의 최종 승자가 되어야 한다.

일단 아군의 위치부터 확인.

이신은 11시 지역에서 시작했다.

바로 옆인 12시 지역은 오자서가 자리 잡았다.

나폴레옹은 7시 지역에서 시작했다.

'다들 서쪽에 자리 잡았군. 일단 9시에 적이 있는지부터 정찰해 보지.'

'제가 하겠습니다.'

이신이 자청하고 나섰다.

나폴레옹과 오자서는 동쪽으로 정찰을 가기로 했다.

상대가 상대인 만큼 빠른 정찰로 적의 동태를 살피는 게 좋았다.

이신은 콜럼버스를 9시로 정찰 보냈다.

만약에 9시에 적이 있으면 홀로 아군 사이에 고립된 형국이니,

단숨에 끝내 버리고 시작할 수 있어서 유리했다.

하지만,

'없습니다.'

9시가 텅 비어 있음을 확인한 이신은 덤덤히 말했다. 역시나 세상에 쉬운 일은 없었다.

'아쉽지만 어쩔 수 없지. 이렇게 된 이상 동서(東西)로 전장을 나눠 가진다는 생각으로 대결에 임한다.'

계속해서 정찰을 통해 적의 위치가 밝혀졌다.

1시, 3시, 5시.

알렉산드로스일 게 분명한 마물은 3시에 있었고 나머지 두 곳이 오크였다.

저들은 전장의 동쪽 변에 모여 있는 형상이었다.

'공격받을 염려가 덜한 이신 그대가 최대한 신속하게 투석기를 준비해라. 나와 오자서는 병력을 갖춰서 적의 공격을 막는 데 주력할 테니.'

'알겠습니다.'

11시에 있어 적과 가장 먼 거리에 있는 이신이 테크 트리에 집중하기로 했다.

이번 대결을 위해 나폴레옹이 구상한 장기전 전략의 핵심은, 이신이나 나폴레옹 둘 중 한 사람은 후반 대비에 주력하는 것이었다.

물론 알렉산드로스는 중반에 기마군단과 함께 공세를 펼쳐 싸움이 길어지기 전에 끝낼 공산일 테지만 말이다.

오자서는 일찌감치 헬하운드를 소환해서 적진을 주기적으로 정찰했다.

나폴레옹도 병영을 2채 짓고서 궁병을 소환하기 시작했다.

이신은 마력과 시간을 최적화하여서 최단 시간에 투석기를 제작할 수 있도록 테크 트리에 집중했다.

건물들을 본진 출입구 쪽에 모아 지어서 심시티로 방어 역할을 대신했다.

아직 초반 상황.

양측 모두 특별한 움직임은 없었고, 다만 오자서의 헬하운드들이 열심히 전장을 누비며 상대측의 정찰을 차단하는 움직임이 돋보였다.

특히나 끈질기게 나폴레옹의 진영을 염탐하려고 정찰 보낸 알렉산드로스의 클로를 번번이 커트시키는 전과까지 올렸다.

팀의 눈 역할을 해온 오자서는 축제를 통해 정찰 능력이 눈에 띄게 발전해 있었다.

오자서가 계속 활발하게 시야를 밝혀준 덕분에 나폴레옹과 이신이 활약하기가 편했다.

그런데 바로 그때였다.

'놈들이 오고 있소!'

오자서가 소리쳤다.

정말로 오크와 마물의 병력이 모여서 나폴레옹이 있는 7시를 향해 달려가고 있었다.

'저 정도면 막을 수 있겠군. 헬하운드로 놈들의 뒤를 칠 준비

를 하게.'

나폴레옹은 침착하게 지시를 내리며 본진에 화살탑을 짓기 시작했다.

병영 2채에서 궁병을 꾸준히 소환하고 있었던 터라 화살탑만 완공되면 충분히 막을 수 있었다.

그렇게 조금만 버티면 대장간에서 무기 개발이 완료되니 디펜스는 완벽했다.

오자서는 오더대로 헬하운드를 이끌고 조심스럽게 적 병력의 뒤를 밟았다.

여차하면 나폴레옹과 함께 적 병력을 앞뒤에서 협공해 괴멸시킬 속셈이었다.

헬하운드 6마리.

오크 전사 3명.

알렉산드로스와 오크 한 명이 합친 연합군이었다.

'헬하운드의 숫자가 좀 적은 것 같소.'

'동의하네. 그냥 위협인 모양이군. 놈들이 앞마당까지 들어오면 협공하도록 하세.'

'알겠소. 이신 자네도 양동작전에 주의하게. 우리의 이목을 끌어놓고 다른 오크가 자네를 칠지도 모르니까.'

'살펴보겠습니다.'

나폴레옹과 오자서는 호흡이 척척 맞았다.

그런데 적 병력은 뒤에서 오자서가 은밀히 따라오는 걸 눈치 못 챘는지, 정말로 나폴레옹의 본진 앞 앞마당까지 진입했다.

'정말로 들어올 줄이야. 더 볼 것도 없군.'

'치겠소!'

나폴레옹과 오자서가 일제히 공격에 들어갔다.

아니, 그러려고 했다.

하지만 적을 협공하려고 했던 두 사람은 이상한 것을 발견했다.

나폴레옹의 앞마당 한쪽 구석에 마물의 방어 시설인 화염진이 그려져 있었던 것.

눈에 띄지 않는 시야의 사각!

그곳에 알렉산드로스가 몰래 화염진을 완성시킨 것이다.

적 병력은 화염진을 중심으로 모여서 맞서 싸울 태세를 갖췄다.

언제 숨어 들어온 것인지, 클로 1마리가 화염진을 하나 더 그리고 있었다.

'저걸 어느 틈에!'

나폴레옹이 놀라 소리쳤다.

오자서는 낭패 어린 목소리로 말했다.

'이런 빌어먹. 내 감시망을 뚫고서 클로 1마리를 그쪽에 잠입시켰던 모양이오. 저기다가 마력을 쓴 탓에 헬하운드의 숫자가 적었군.'

'아까 죽인 클로가 미끼였습니다.'

이신이 말했다.

'그때 클로 2마리를 보내서 1마리는 잡혔고, 다른 1마리는 앞

마당에 도착해서 구석에 화염진을 그렸겠죠. 그러면 시간상 맞아떨어집니다.'

초 단위까지 계산이 정확한 이신이라 쉽게 사태를 파악할 수 있었다.

수적으로는 우세였으나, 화염진이 있어서 나폴레옹과 오자서는 공격을 시도하기가 애매했다.

그러는 동안 또 하나의 화염진이 완성되어 버렸다.

'내가 봉쇄를 당해 버렸군.'

나오지 못하게 나폴레옹을 가둬 버린 셈이었다.

심지어 알렉산드로스는 화염진을 또 하나 그리면서, 다른 클로를 보내 마법진을 그리기 시작했다.

나폴레옹의 앞마당에서 보란 듯이 마력석 채집장을 구축하기 시작한 것이었다.

'내 생각을 완전히 읽었군.'

봉쇄를 당해서 나폴레옹의 병력은 밖으로 나갈 수가 없었다.

그리고 이신은 테크 트리를 올리는 데 집중해서 병력이 없는 상황.

오자서 혼자서는 할 수 있는 일이 없다.

완전히 이쪽의 생각을 꿰뚫고서 허를 찌른 것이었다.

제3장

이신의 오더

　나폴레옹의 앞마당에 화염진을 설치해 봉쇄를 한 알렉산드로스.

　심지어 거기서 보란 듯이 마력석 채집장까지 구축하기 시작했다.

　나폴레옹을 6시에서 나오지 못하게 밀봉시키고, 동시에 마력석 채집장도 가져가 미래까지 바라보는 일석이조의 전략이었다.

　'위험하구려. 이건 원숭환을 꺾었을 때 우리가 썼던 책략과 흡사하지 않소.'

　오자서가 우려를 표했다.

　나폴레옹은 잠시 생각을 하나 싶더니 이윽고 말했다.

　'이신, 콜럼버스를 이쪽에 보내라.'

이신의 치유 능력과 함께 봉쇄를 돌파하겠다는 뜻.

화염진을 끼고 싸우는 적의 봉쇄진을 돌파하려면 병력 손실은 불가피했다.

하지만 봉쇄를 뚫고 구축 중인 알렉산드로스의 마력석 채집장까지 날려 버리면, 손익(損益)은 얼추 비슷해진다.

'이미 보냈습니다.'

역시나 이신도 같은 생각이었다.

이미 콜럼버스는 6시로 향하고 있었다. 블링크로 언덕을 건너 뛰면 나폴레옹과 합류할 수 있는 것이다.

'아직 1시의 오크는 움직임이 없소. 우리가 돌파하려는 틈을 타서 역습을 꾀할 수 있소.'

오자서가 지적했다.

'감안해야지. 전투에서 크게 이기고 나면 곧장 5시나 3시를 친다. 당한 만큼 되갚아주면 돼.'

나폴레옹은 결단을 내렸다.

그런데 그때였다.

1시로 정찰을 보낸 이신의 노예가 오크창기병을 발견했다.

1시 오크가 오크창기병을 소환한 것.

'저 오크창기병은 사도일 가능성이 높습니다.'

'아마 항우나 조아생 뮈라가 빙의를 하겠군.'

나폴레옹은 골치 아프다는 듯이 중얼거렸다.

적의 전략이 딱딱 맞아떨어진다.

돌파를 시도하려고 했을 즈음에 1시의 오크가 절묘하게 오크창기병을 동원하기 시작했다.

'돌파는 무리다.'

나폴레옹은 돌파를 단념했다.

'그럼 어쩌려고 그러시오?'

'나도 투석기를 제작해서 뚫는 수밖에 없지. 투석기의 사거리를 잘 이용하면 알렉산드로스 녀석이 멋대로 만든 마력석 채집장까지 타격할 수 있어.'

'내가 알렉산드로스라면 마룡을 소환해서 강을 넘나들며 당신을 괴롭힐 것 같소.'

'잘 방어해야지. 일단은 이대로 가세.'

그때, 잠자코 듣고 있던 이신이 말문을 열었다.

'곧 투석기가 완성됩니다.'

'그건 다행이군. 투석기를 전진 배치해서 디펜스 라인을 앞당기고 마력석 채집장을 추가로 확보하게.'

'제게 다른 생각이 있습니다.'

'응? 뭔가?'

'이번 판은 제가 오더를 내려도 되겠습니까?'

이신은 단도직입적으로 요구했다. 어찌 보면 나폴레옹의 심기를 거스를 수 있는 제안이었다.

'좋다.'

나폴레옹은 쾌히 승낙했다.

애당초 나폴레옹은 다른 두 사람이 제안을 하면 곧잘 듣는 편이었다.

오더를 잠시 내준다는 것에 그리 큰 의미를 부여하지 않았다.

마침내 이신의 오더가 시작되었다.

'특수병영은 짓고 있습니까?'

'곧 완성되네.'

'공병을 소환하고 투석기를 제작할 거라고, 알렉산드로스는 예상하고 있을 겁니다.'

'그렇겠지.'

누가 봐도 저 봉쇄진은 사거리가 긴 투석기가 아니면 뚫을 수 없다. 거기에 평소 투석기를 즐겨 쓰는 나폴레옹의 성향을 봐도 쉽게 예측이 가능하다.

'그 점을 이용할 겁니다. 공병이 소환되면 투석기 대신 열기구를 제작하십시오.'

'열기구?'

'예, 5시에 병력을 투하해 기습하는 겁니다.'

'예상 못한 일격이니 잠깐 피해를 줄 수는 있겠지만, 그 정도로는 국면(局面)을 타개하기 어려워 보이는군.'

'그렇게 적의 이목을 끄는 사이에 제가 1시를 칠겁니다.'

'뭐?'

'1시를?'

두 사람은 깜짝 놀랐다.

'열기구에 투석기를 태워서 1시 오크 본진의 사각 지대에서 조립할 겁니다.'

'위험한 계획일세. 금방 진압될 텐데.'

오자서가 우려를 표했다.

'오자서님은 지금부터 최대한 헬하운드를 소환하십시오. 제가 1시를 치면 동시에 헬하운드를 1시 본진에 침투시켜서 호응해 주시면 됩니다.'

'음?'

'1시 오크는 기마 병력의 통행이 원활해야 하기 때문에 출입구가 뻥 뚫려 있을 겁니다. 기습적으로 침투를 시도하면 쉽게 난입할 수 있습니다.'

그러고서 투석기의 화력 지원을 받으며 1시 오크 본진을 난장판으로 만든다!

1시와 5시 두 오크를 일시에 타격하는 공격적인 구상을 한 것이다.

'한번 해보지.'

나폴레옹이 동의했다.

'성공만 거둔다면 흐름을 다시 우리의 것으로 만들 수 있을 것 같네.'

오자서도 동의했다.

시급을 다투는 일이었다. 이신의 계획은 긴급히 진행되었다.

특수병영이 완성되자마자 열기구를 제작하는 나폴레옹.

이신 역시 투석기와 열기구를 꾸준히 제작했다.

'시작하죠.'

'알겠네.'

열기구가 완성되자, 이신은 투석기를 분해해서 공병과 함께 열기구에 태웠다.

나폴레옹 또한 열기구에 병력을 태웠다.

오자서는 마력을 모조리 쏟아서 모은 헬하운드를 일으켰다.

시작되었다.

선공(先攻)은 나폴레옹의 5시 기습 침투로 시작되었다.

열기구에서 내린 석궁병·장창병·방패병이 마력석을 채집하는 오크 노예들을 공격했다.

"죽여!"

"최대한 많이 처치해!"

"취이읰!"

"취익! 기습이다!"

5시 오크는 병력을 나폴레옹의 앞마당 봉쇄에 투입한 터라 본진은 거의 비어 있었다.

앞마당에 있던 오크 전사들이 습격당한 본진을 지키기 위해 썰물처럼 빠져나갔다.

'이제 적의 시선은 5시에 쏠려 있다.'

그 틈을 타 이신의 열기구가 1시 본진에 다다랐다.

언덕을 넘어 적의 시선이 닿지 않는 구석진 곳에 투석기와 공병을 내렸다.

공병은 투석기를 다시 조립하기 시작했다.

동시에 오자서가 그동안 모아놓은 헬하운드를 모조리 이끌고 1시로 쳐들어갔다.

1시 본진 출입구는 오크창기병 4기가 지켜서고 있었다.

헬하운드의 숫자가 아무리 많아도 좁은 출입구를 지키고 있는 이 방어를 뚫으려면 많은 시간이 걸릴 터.

하지만,

"적의 투석기가 침투했다!"

조립된 투석기가 바위를 쏴서 오크의 건물을 공격!

쿠우웅!

"쿼이이익!"

첫 일격에 건물을 짓고 있던 오크 노예까지 사망했다.

오크창기병들이 일제히 이신의 투석기를 제거하기 위해 움직였다.

그 바람에 출입구가 뚫렸다.

'지금이군!'

오자서가 순발력 있게 달려들었다.

헬하운드들이 일제히 1시 본진 안으로 밀고 들어갔다.

"이 못생긴 똥개들이!"

오크창기병 중 1기가 돌연 되돌아와 뒤늦게 출입구를 지켰다.

말투로 보니 빙의한 조아생 뭐라였다.

하지만 이미 10마리가량의 헬하운드가 난입에 성공한 상태.

오크창기병이 몇 기만 있어도 진압될 전력이지만, 투석기와 연계하면 얘기가 달라진다.

난입에 성공한 헬하운드들이 투석기를 에워싸 보호했다.

오크창기병들은 일단 투석기의 사정거리 밖으로 물러났지만, 가만히 놔둘 수도 없는 터라 갈팡질팡했다.

갑작스럽게 펼쳐진 1시, 5시 동시 드롭!

'여기까진 성공이군!'

나폴레옹이 소리쳤다.

나폴레옹은 항우로 추측되는 5시 오크에게 어느 정도 타격을 입히는 데 성공했다.

오크전사들이 몰려오자 다시 열기구를 타고 빠져나가 버린 나폴레옹이었다.

'이제부터입니다.'

이신은 침착하게 다음 오더를 내렸다.

'투석기가 완성되면 앞마당의 봉쇄진을 공격하고, 동시에 열기구를 계속 써서 5시를 교란시키십시오. 오자서님도 헬하운드를 써서 적을 계속 신경 쓰이게 만들어야 합니다.'

'숨 돌릴 틈을 주지 말자는 것이군.'

'예, 앞으로 1분 정도의 시간이 지나면 알렉산드로스가 마룡을 소환할 겁니다. 그때부터는 전황이 급격히 위급해집니다.'

이신은 알렉산드로스가 채집하고 있을 마력량을 실시간으로 계산하고 있었다.

알렉산드로스는 봉쇄에 성공하고서도 헬하운드를 쓰지 않았는데, 그건 마룡을 소환하기 위해 마력을 아낀 것이리라.

'마룡이 나타나면 승패를 판가름할 전투가 벌어질 겁니다.'

이신은 바쁘게 움직였다.

이신은 마룡의 공격에 대비하여서 마탑을 건설하고 마법사 소환을 시작.

열기구에 투석기를 더 태워서 1시에 추가 침투.

그러면서 콜럼버스 또한 1시로 보냈다.

'오자서님, 헬하운드를 1시로!'

'알겠네.'

오자서는 이신의 의도를 알아채고 즉각 움직였다.

콜럼버스와 함께 다시 1시를 침공할 계획이었다.

"이 못생긴 똥개들이 또 왔구나!"

오크창기병에 빙의된 조아생 뮈라가 소리쳤다.

출입구에 떡하니 버티고 서서 헬하운드들을 가로막 조아생 뮈라는 장판파의 장비를 떠올리게 했다.

하지만 이신 또한 콜럼버스에 빙의를 했다.

'공격!'

'알겠네!'

헬하운드들이 일제히 조아생 뮈라에게 달려들었다.

"개고기는 사양이다!"

조아생 뮈라가 검을 휘두를 때마다 깨갱거리며 헬하운드들이 나가떨어졌다.

하지만 일격에 숨통을 끊지 못한 헬하운드는 이신의 치유를 받아 회복되었다.

"큭, 이것들이!"

끝없이 밀려드는 물량 앞에선 장사가 없었다.

"크르릉!"

헬하운드 1마리가 조아생 뮈라의 왼팔을 물고 늘어졌다.

조아생 뮈라의 동작이 잠시 멎은 틈을 타 헬하운드들이 줄줄이 달라붙었다.

결국 조아생 뮈라가 빙의됐던 사도는 사망했다.

하지만…

[사도 탈라흐의 능력 빙의를 사용합니다.]

[계약자 조아생 뮈라님께서 사도 탈라흐의 육체에 빙의됩니다.]

"사도는 또 있다 이 자식들아! 모두 돌격!"

곧바로 다른 사도에 빙의한 조아생 뮈라가 비호처럼 덤벼들었다.

오크창기병들과 오크궁기병들이 일제히 돌격했다.

기병의 숫자가 어느 정도 모일 때까지 기다리느라 본진에 침투한 적을 가만 놔뒀던 것이다.

조아생 뮈라는 참았던 울화를 한 번에 폭발시켰다.

이신이 계속 치유 능력으로 헬하운드들을 지원했지만, 조아생 뮈라가 칼춤을 출 때마다 헬하운드들이 죽어나갔다.

물론 추가로 소환된 헬하운드들이 꾸역꾸역 합류했지만, 오자서의 마력 상황은 한계가 있었다.

추가로 가져간 마력석 채집장도 없는 오자서는 미래가 없이 역량이 소진되고 있었다.

'알렉산드로스의 마룡이 등장하면 오자서님이 가장 먼저 당

할 겁니다.'

'알고 있네. 마룡을 막을 수단이 내겐 없군.'

'그러니 지금 조아생 뮈라를 끝장내서 한 명씩 교환해야 합니다.'

'그럼 우리가 이익이군.'

'예.'

오자서도 이신이 어떤 계산을 하는지 꿰뚫어보고 있었다.

중반을 바라보며 기마군단을 키우고 있던 조아생 뮈라.

처음부터 팀을 위해 희생하는 역할이었던 오자서.

이 둘이 함께 전멸당하면 당연히 이신 일행의 이득인 셈이었다.

상황은 예상대로 흘러갔다.

본진에서 치열하게 펼쳐지는 조아생 뮈라와 이신—오자서 연합의 격전.

그 상황에서 알렉산드로스가 마룡을 소환했다.

마룡들은 당연하다는 듯이 줄줄이 12시로 향했다.

오자서의 본진.

헬하운드의 숫자로 보아 오자서는 지대공 방어가 전혀 없다고 봐도 무방했던 것이다.

마룡들이 본진을 습격하자, 오자서는 클로 1마리를 빼내서 아무도 없는 7시 구석에 화염진을 하나 건설했다.

건물이 하나라도 있어야 전멸을 면하는 것.

전멸하지 않으면 아직 살아 있는 헬하운드들을 조종해서 계속 팀을 도울 수 있는 것이었다.

"크아아! 덤벼보라고! 쉬지 말고 계속 덤벼!"

조아생 뮈라가 미쳐 날뛰었다.

투석기가 쏘는 바위가 떨어지고, 사방에서 헬하운드들이 으르렁거리며 덤볐다.

이신은 치유 능력을 펼치느라 마력을 계속 소진하고 있었다.

하지만 희생한 보람이 있었다.

[계약자 조아생 뮈라님의 모든 건물이 파괴되었습니다.]

[계약자 조아생 뮈라님이 전장을 이탈합니다.]

조아생 뮈라를 끝내는 데 성공한 것이다.

하지만 오자서의 12시 본진도 완전히 초토화되었다.

'이리로 와라.'

이신은 마룡이 자신의 본진이 있는 11시로 오길 기다렸다.

마법사가 이미 확보된 상태!

마룡들에게 파이어 스톰을 갈겨서 한 번에 너덜너덜하게 만들어버릴 수 있다면, 완전히 승기를 잡는 것이었다.

하지만 아쉽게도 알렉산드로스는 그걸 알고 있는 모양이었다.

이신이 있는 11시 대신 6시를 향해 남하하기 시작하는 마룡들.

'우리도 6시로 갑니다.'

'알겠네. 이제 헬하운드가 얼마 안 남았군.'

오자서는 12마리밖에 없는 헬하운드를 끌고 6시로 향했다.

이신 또한 투석기와 마법사 등을 이끌고 6시로 향했다.

'마지막 전투입니다.'

바로 나폴레옹을 밀봉시킨 6시의 봉쇄진.

거기가 첫 대결의 승패를 좌우할 마지막 분기점이었다.

이 전장에 있는 모든 계약자가 그걸 알고 있었다.

*   *   *

알렉산드로스가 보여준 판단력은 실로 놀라웠다.

이신이 설계한 동시타격으로 조아생 뮈라와 항우가 타격받았을 때, 유리했던 국면이 흔들렸다.

항우는 나폴레옹이 열기구를 활용해 계속 괴롭힌 까닭에 정신이 없었고, 조아생 뮈라는 이신과 오자서의 합동 공세로 위기에 처했다.

마룡이 소환되었을 때, 나폴레옹도 곧 있으면 투석기가 제작 완료되는 상황.

알렉산드로스에게 세 가지 선택지가 있었다.

첫째, 봉쇄진을 타격할 나폴레옹의 투석기를 먼저 없앨 것인가.

둘째, 위기에 처한 조아생 뮈라를 구할 것인가.

셋째, 비행 전력에 무방비한 오자서를 칠 것인가.

알렉산드로스는 즉시 셋째를 선택했다.

나폴레옹이 투석기로 바위를 쏘기 시작해도, 봉쇄진을 뚫기까지 아직 시간이 남아 있었다.

그 여유 시간 안에 오자서를 쳐서 없애기로 작정한 것이다.

조아생 뮈라는 포기하기로 했다.

알렉산드로스는 조아생 뮈라에게 최대한 저항해 적에게 심대한 타격을 입힐 것을 주문했고, 곧장 12시로 날아가 오자서를 격파했다.

그리고 이제 다시 봉쇄진을 지키기 위해 6시로 돌아가는 것이었다.

봉쇄진이 무너지면 나폴레옹의 앞마당에 구축된 자신의 마력석 채집장까지 덩달아 위험해지므로, 알렉산드로스로서는 그곳을 반드시 지켜야 했다.

'곧 갑니다. 우리가 도착할 때까지 적의 화염진을 부수십시오.'

이신이 오더를 내렸다.

'알았다.'

나폴레옹은 고개를 끄덕였다.

'항우의 군세도 곧 출현할 걸세. 지금쯤이면 오크창기병을 어느 정도 확보했겠군.'

'오크궁기병일 겁니다.'

오자서의 의견에 이신이 단언했다.

'아, 열기구에 시달린 탓에 오크궁기병부터 준비했나?'

'예. 거기에 제가 마법사를 확보한 걸 알고 있습니다. 때문에 마법사를 저격하기 위해 오크궁기병을 우선 준비했겠죠.'

초반에 압박을 위하여 오크 전사를 소환하는 데 주력하느라 기마군단 확보가 늦어진 항우였다.

나폴레옹의 기습 드롭에 피해를 받아 지체된 것도 있고 말이다.

하지만 그걸 감안하더라도 지금쯤 오크궁기병이 꽤 있을 터.

그런데 아직까지 오크궁기병이 눈에 띄지 않는 이유는…….

'주변을 각별히 살펴 주십시오. 항우가 우리를 칠 겁니다.'

'마법사를 저격할 속셈이군. 역시 저들도 6시에서 결판이 난다는 것을 아는 거야.'

오자서는 나직이 알렉산드로스의 전략가적 기질에 감탄했다.

전투에서 승리하기 위해 무엇이 중요한지 똑똑히 알고 움직인다.

그리고 그걸 이미 알고 있는 이신까지!

서로의 심중을 예측하는 두뇌 싸움이 정말로 치열했다.

'콜럼버스, 준비해라.'

"옛!"

함께 움직이고 있는 콜럼버스가 고개를 끄덕였다.

콜럼버스에게는 이미 이신이 따로 지령을 내려둔 상태였다.

이제 한순간이었다.

순간의 전투가 승패를 좌우할 것이다.

확실한 전력 우위를 가진 알렉산드로스와 항우.

이에 대해 이신은 투석기와 마법사라는 비대칭 전력으로 승부를 보려 했다.

마법사의 파이어 스톰이 제대로 적중하면 승리는 확실했다.

일합(一合) 싸움!

긴장감이 최고로 고조된 순간이었다.

'남서쪽에 적 출현! 항우일세!'

오자서가 급히 소리쳤다.

과연 오자서랄까.

얼마 안 되는 헬하운드를 사방에 흩뿌려서 아군의 진로를 감시했고, 적 출현을 재빨리 감지한 것!

남서쪽 방면에서 항우의 오크궁기병 부대가 달려오고 있었다.

오크전사들은 6시로 보내고, 기병만 끌고 온 모양이었다.

그런데 오크궁기병 부대의 선두에 덩치 큰 백마를 탄 위풍당당한 오크창기병 1기가 있었다.

'항우로군.'

오자서가 중얼거렸다.

'그렇군요.'

이신도 긴장했다.

항우의 무위는 이미 지난번의 서열전에서 충분히 겪어본 바 있었다.

특히 사역마로 소환한 오추마를 타고 날뛰던 항우는 혼자서도 전쟁 판도를 뒤엎을 수 있을 정도였다.

'헬하운드를 적의 배후로 돌리십시오.'

'알겠네.'

정찰을 위해 흩뿌려졌던 헬하운드들이 항우의 뒤에 모이기 시작했다.

거리가 점점 가까워졌다.

"이놈들, 잘 걸렸다!"

오크창기병에 빙의한 항우가 고함을 내질렀다.

항우도 무섭지만 뒤따라오는 오크궁기병들을 더 경계해야 했다.

시선은 항우가 끌지만, 진짜는 오크궁기병들이 마법사를 저격하는 것. 알렉산드로스로부터 분명 그렇게 오더를 받았을 터였다.

"전투 준비!"

이존효가 소리쳤다.

장창병과 방패병이 이존효의 지시에 따라 도열했다.

뿐만 아니라 로흐샨이 지휘하는 석궁병들도 싸울 태세를 갖췄다.

그들은 투석기와 마법사를 보호하기 위해 소환한 호위부대였다.

마침내 거리가 가까워진 순간이었다.

'지금!'

"옛!"

이신이 소리친 순간, 콜럼버스가 재빨리 움직였다.

[계약자 이신의 사도 하급 악마 콜럼버스가 능력 블링크를 사용합니다.]

[10미터 범위 내에서 순간이동을 합니다.]

파앗!

블링크로 사라진 콜럼버스가 항우 병력의 코앞에 나타났다.

콜럼버스가 마비침을 마구 쏘았다.

퓨퓨퓨퓨퓻!

그야말로 전광석화!

삽시간에 항우와 뒤따르는 오크궁기병 4명에게 마비침을 쏘았다.

"이놈!"

푸학!

"크억!"

마비침을 순간적으로 창으로 튕겨낸 항우는 콜럼버스를 단숨에 베어 죽였다.

하지만 마비침에 오크궁기병들이 잠시 움직임이 멎는 바람에 뒤따르는 이들과 함께 뒤엉켜 혼란을 빚었다.

그리고 다음 순간이었다.

"파이어 스톰!"

화르르르르르르르륵!!

뒤엉킨 오크궁기병들 무리 한복판에 마법사의 파이어 스톰이 정통으로 꽂혔다.

"취이이익!"

"취이익!"

오크들의 비명이 울려 퍼졌다.

삽시간에 오크궁기병들이 몰살을 당한 것이다.

"큭, 제기랄! 일단 물러선다!"

불길 속에서 재빨리 빠져나와 살아남은 항우가 등을 돌렸다.

남은 오크궁기병들도 다급히 말머리를 돌려 후퇴했다.

하지만 배후에 자리 잡은 오자서가 순순히 물러나게 놔두지 않았다.

'어딜 가시나!'

헬하운드들이 사방에서 에워싸듯이 달라붙었다.

"이 귀찮은 것들이!"

항우의 창이 춤을 추며 헬하운드 2마리를 단숨에 베어 넘겼다.

하지만 오자서의 헬하운드는 오크궁기병들의 발목을 멋지게 붙들었다.

그리고 마법사의 두 번째 파이어 스톰이 펼쳐졌다.

"파이어 스톰―!"

화르르르르륵!

2연발!

두 번째 파이어 스톰조차 제대로 꽂혀들자 남은 오크궁기병들마저도 불길 속에서 타 죽어버렸다.

선두에서 돌파한 덕에 홀로 불길 밖으로 빠져나온 항우는 망연자실한 얼굴로 참혹한 결과를 바라보았다.

'성공이야!'

오자서가 기뻐서 소리쳤다.

이신도 주먹을 불끈 쥐었다.

콜럼버스, 오자서의 잔존 병력을 활용한 파이어 스톰 전술이 대성공을 거두었다.

항우가 애써 모은 오크궁기병을 몰살시킨 것이다.

이 순간을 위하여 콜럼버스에게 블링크 후 마비침 5연발을 연습시켰었다. 그런 이신의 준비성이 결실을 거뒀다.

'이제 끝내러 갑니다!'

이신의 군세와 몇 마리 남지 않은 오자서의 헬하운드가 6시로 진격했다.

상황은 완전히 역전!

항우가 기마 전력을 잃은 탓에 알렉산드로스 측의 남은 병력은 마룡들과 오크 전사가 전부였다.

이어진 전투는 수순대로였다.

헬하운드를 소환하여서 마룡과 함께 난전을 펼친 알렉산드로스의 활약은 빛을 바랬다.

실책을 만회하기 위해 길길이 날뛴 항우의 가공할 무위도 더 이상 위협이 되지 않았다.

앞뒤에서 나폴레옹과 이신의 투석기가 배치되어서 바위를 마구 날릴 때, 승부는 이미 결판이 난 것이었다.

[악마군주 바알의 계약자 알렉산드로스 메가스님이 패배를 선언하셨습니다.]

[악마군주 아미의 계약자 항우님이 패배를 선언하셨습니다.]

[악마군주 아가레스, 그레모리, 안드로말리우스님의 승리입니다.]

"좋았어!"

나폴레옹이 이신을 얼싸안고 승리에 기뻐했다.

대단한 승리였다.

한 치 앞을 알 수 없는 엄청난 대결!

알렉산드로스가 실력 발휘를 제대로 했음에도 불구하고 거둔 뜻깊은 역전승이었다.

1—0.

5판 3선승제 대결의 첫 싸움에서 1승을 쟁취한 것이었다.

상대측은 역시나 분위기가 침통했다.

큰 실책을 저질러 오크궁기병을 전부 잃은 항우는 시근덕거렸다.

먼저 멸망당할 때까지 분전했던 조아생 뮈라도 허탈한 표정.

그러나 알렉산드로스만은 냉정을 유지한 채, 그저 가만히 이신을 바라보고 있었다.

이신도 그 시선을 알아차리고는 의아한 표정이 되었다.

그때, 알렉산드로스가 다가와 입을 열었다.

"나폴레옹의 스타일이 아닌데."

"무엇이 말입니까?"

이신은 내심 흠칫했으나 모르는 척 물었다.

"그 상황에서는 마력석 채집장을 가져가고 투석기로 방어선을 구축하면서 장기전으로 끌고 가는 게 나폴레옹의 방식이야."

알렉산드로스가 계속 말했다.

"그런데 도리어 열기구로 침투 작전을 벌이며, 빠른 템포로 공격적인 운영을 펼쳤다."

그리고 그것이 알렉산드로스의 패인이 되었다.

서두르지 않고 천천히 나폴레옹을 압박하면서 자신들이 유리한 중반을 기다린다는 전략 컨셉이었다.

그런데 도리어 오더를 잡은 이신이 거세게 공세를 퍼부어 판을 흔든 것이다.

알렉산드로스와 나폴레옹의 평소 성향이 정반대로 나타난 결과.

"중간부터 네가 오더를 내렸군. 그렇지?"

알렉산드로스는 그 사실까지 꿰뚫어보았다.

열기구를 활용한 절묘한 기습을 비롯하여서 마법사 활용까지, 이번 역전승의 주역은 이신이었다.

"바로 맞췄다."

그렇게 대답한 사람은 이신이 아니었다.

어느새 가까이 다가온 나폴레옹은 씨익 웃으며 이신의 어깨에 손을 얹었다.

"자네는 나를 너무 잘 알더군. 그래서 중간에 오더를 바꿨어."

"역시 그랬군."

알렉산드로스는 날카로운 시선으로 이신을 노려보았다.

"예상은 했지만, 역시 가장 큰 걸림돌은 네 녀석이로군."

"……."

"각오하는 게 좋을 거다."

그렇게 의미심장한 경고를 남기고 알렉산드로스는 휙 등을 돌렸다.

"자존심이 상당히 강한 친구야."

나폴레옹이 말했다.

"하지만 빈말은 하지 않아. 다음 판은 정말로 그대를 중점적으로 노릴 테니 주의하는 게 좋다."

"알겠습니다."

"좋아. 그럼 방금처럼 다음 대결도 잘 부탁한다."

"예?"

이신이 놀라 물었다.

나폴레옹은 웃으며 말했다.

"아까 말하지 않았나. 저 친구는 나를 너무 잘 알아. 이번 대결은 나보다 자네가 저 친구를 이기기에 더 적합한 지휘관이라는 생각이 들었네."

그것은 이번 축제 최후의 대결에서 이신에게 쭉 오더를 맡기겠다는 뜻이었다.

"나도 동의하네."

오자서도 나폴레옹의 뜻을 거들었다.

생각지도 못한 기회였다.

나폴레옹과 오자서.

이 위대한 영웅들을 이끌고 자신의 뜻대로 지휘를 할 수 있다니!

꼭 오더를 하고 싶다는 생각이 있긴 했지만, 이렇게 막판에 기회가 찾아올 줄은 몰랐다.

"알겠습니다."

거절할 이유가 없었다.

이신은 겸양 따위는 없이 곧장 받아들였다.

[72악마군주의 축제를 시작합니다.]

[악마군주 아가레스, 그레모리, 안드로말리우스님 대 악마군주 바알, 아미, 벨리알님의 서열전입니다.]

그렇게 두 번째 대결이 시작되었다.

1─0의 상황.

다전제 대결에서 아직 한 번도 져본 적이 없는 이신이 오더 권한을 잡았다.

제4장

기습 전법

시작 지점이 썩 좋지 않았다.

이신은 12시.

나폴레옹은 3시.

오자서는 7시.

'셋 다 뿔뿔이 흩어졌군.'

나폴레옹이 탄식했다.

'적도 마찬가지일 가능성이 높습니다. 일단 정찰을 서두르죠.'

'알았다.'

"맡겨두게."

세 사람은 정찰을 개시했다.

이신의 예상대로 알렉산드로스 측도 흩어져 있었다.

이신의 바로 옆인 11시에 오크.

나폴레옹의 바로 아래인 5시에 역시나 오크.

오자서의 바로 위인 9시에 알렉산드로스의 마물.

이신은 직감적으로 불길함을 느꼈다. 위치가 너무 좋지 않았다.

'각자 적을 하나씩 잡고 일대일을 해야 하는 상황이 나올 가능성이 높습니다. 병력을 최대한 빨리 준비하십시오.'

'그렇겠군.'

'오자서님도 헬하운드를 최대한 빨리 소환해서 바로 위에 있는 알렉산드로스를 견제해야 합니다. 알렉산드로스가 인접한 11시 오크와 연계해서 협공을 시도할 수 있습니다.'

'알겠네.'

일대일로 매우 근접한 거리에서 붙으면, 오크는 휴먼보다 월등히 강하다.

이걸 활용해 일찌감치 오크 전사를 투입, 이쪽의 휴먼들에게 막대한 피해를 입히거나 끝장낼 의중을 품고 있을 터였다.

그 점을 우려해 이신은 승부의 타이밍을 일찍 잡았다.

위치상 장기전이 될 수가 없었다.

그러면 중반보다는 초반에 난전으로 승부를 보는 편이 나았다.

'중반은 오크창기병과 오크궁기병이 나오는 때니까.'

정찰을 보낸 콜럼버스는 바로 옆인 11시 오크의 본진을 계속 살폈다.

그런데 무언가 이상했다.

'이게 뭐지?'

이신은 당혹감을 느꼈다.

11시 오크의 본진에 오크 노예가 5명밖에 없었다.

그렇다고 극단적으로 테크 트리를 빨리 올린 것도 아니었다.

오크의 본진은 어떤 건물도 없었기 때문이다.

'건물을 외부에 지었나?'

그럴 가능성이 높았다.

오크 노예를 6명까지 두고 그중 하나는 정찰 보냈다 치면, 지금쯤 채집했을 마력량은 대략 200에서 250사이.

시간상 이미 첫 건물을 절반쯤 지어야 하는 시기였다.

'전장 중앙을 살펴주십시오.'

'알겠네.'

이신은 전장 중앙에 병력을 소환하는 건물을 짓고서 깜짝 기습 작전을 펼치는 것이라고 판단했다.

전장 중앙은 적이 어디에 있든 가장 가깝기 때문에 병력을 소환해서 공격에 투입하는 동선이 단축된다.

e스포츠의 치즈러시에 주로 통용되는 수법이었다.

그런데 바로 그때였다.

[적이 출현했습니다.]

이신의 본진 안에 오크 노예 1마리가 들어왔다.

'정찰인 모양이군.'

이신은 대수롭지 않게 생각했다.

이신은 현재 병영을 건설하고 있었다. 절반쯤 완공된 상태.

설사 오크 노예에 조아생 뭐라나 항우가 빙의해서 분탕질을 치려해도, 병영이 완공되고 궁병이 소환될 때까지만 시간을 벌면 막을 수 있었다.

더 쉬운 방법으로는, 오자서가 헬하운드를 1마리만 보내줘도 해결되는 문제.

그리고 오크 노예의 행동은 이신의 예상을 벗어나지 않았다.

[사도 테무흐의 능력 빙의를 사용합니다.]

[계약자 항우님께서 사도 테무흐의 육체에 빙의됩니다.]

오크 노예를 정찰 보낸 11시 오크의 정체는 항우였다.

항우가 오크 노예에 빙의하자, 이신은 대수롭지 않게 말했다.

'오자서님, 헬하운드가 소환 완료되는 대로 1마리만 이쪽으로 보내주십시오.'

'알겠네.'

그리고 이신도 콜럼버스를 본진으로 불러들였다.

별 피해 없이 막을 수 있다고 판단했다.

다만 오크 노예는 무기와 방어구를 모두 부여했는지 작은 단도와 가죽 갑옷을 입고 있어서 각별히 주의할 필요가 있어 보였다.

'진짜는 곧이어 나타날 오크 전사겠지.'

오크 노예를 거의 소환하지 않고 마력을 모은 항우.

분명 어딘가에 건물을 숨겨 짓고서 오크 전사를 소환 중일 터.

오크 노예에 빙의한 항우는 오크 전사가 당도할 때까지 분탕 질을 치면서 이신이 방비를 못하게 훼방 놓을 속셈이리라.

…이신은 그렇게 생각했었다.

그런데 다음 순간,

파아앗!

[계약자 항우님께서 고유 능력을 사용합니다. 채집한 마력 중 200이 소모됩니다.]

[계약자 항우님의 패밀리어 오추마(烏騅馬)가 소환되었습니다.]

'뭐?!'

이신은 깜짝 놀랐다.

거대한 몸집의 하얀 백마가 소환되었다.

오크 노예에 빙의한 항우가 소환된 오추마에 올라탔다.

"흐흐, 아무리 머리가 좋아도 이건 몰랐을 것이다."

의기양양한 항우.

오크 노예가 삽시간에 기병이 되었다.

무기는 고작 작은 단도(短刀)이지만, 그걸 든 사람이 항우라면 그 위험성이 하늘과 땅 차이로 달라진다.

'이거였나!'

숨겨 지은 건물 따윈 처음부터 없었다.

항우는 자신의 고유 능력인 패밀리어 소환을 하기 위하여 오크 노예도 소환을 제한하고 200마력을 모은 것이다.

"이랴!"

항우가 달렸다.

오추마가 질주했다. 첫 타깃은 병영을 건설 중인 노예.

이신은 미리 노예 하나를 더 병영으로 보냈다.

그리고 항우가 공격하기 전에 병영을 짓던 노예를 대피시켰다.

항우가 그 노예를 쫓는 틈에, 보내놓은 다른 노예가 병영 건설을 이어서 했다.

촤아악!

"크악!"

허겁지겁 달아난 노예가 결국 항우가 휘두른 단도에 목이 베어 즉사했다.

좀 더 시간을 끌어주길 바랐지만 항우의 솜씨가 워낙에 정확했다.

또다시 병영을 건설 중인 노예를 향해 달려드는 항우.

그때마다 이신은 공격받는 노예를 도망치게 하고, 다른 노예를 또 투입해 병영을 계속 이어 짓게 했다.

어떻게든 병영 완성이 우선이라는 판단 하에 침착하게 대응한 것.

항우에게 쫓기는 노예에게도 지시를 내렸다.

'최대한 오래 시간을 끌어라.'

"예, 계약자님!"

노예는 정말로 최선을 다했다.

상체를 숙인 채 양팔로 급소인 목을 감싸며 달아났다. 한 방에 죽지 않기 위해서였다.

꽤 경험이 많은 듯, 항우가 가까이 접근한 순간 방향을 돌렸다. 말을 타고 있으면 방향 전환이 쉽지 않다는 걸 이용한 것.

하지만 항우는 항우였다.

"어딜!"

노예가 반대편으로 방향을 돌려 벗어나려 하자, 조금의 망설임도 없이 말에서 뛰어내려 노예를 덮쳤다!

콰직!

한데 엉켜 뒹굴면서도 단도로 가슴을 찔러 마무리!

"크으으으!"

노예는 악을 쓰고 항우를 붙잡고 늘어지려 했다.

항우는 노예를 걷어차 뿌리치고는 다시 오추마에 올라탔다.

다행히 시간을 많이 번 덕에 병영은 완공됐다.

항우는 쉬지 않았다.

노예를 2명이나 죽였지만, 손실로 따지면 무리하게 200마력을 모아 고유 능력을 쓴 항우가 더 큰 상황.

만회하려면 더 큰 피해를 입혀야 했다.

항우는 마력석 채집장으로 달려들었다.

'전원 대피.'

이신은 일하던 노예들에게 대피령을 내렸다.

더 노예의 피해를 받지 않으면 이쪽이 유리했다.

일방적으로 당하는 것 같아도, 이신은 항우와 비교하여 손익분기를 따져가며 대응하고 있었다.

노예만 최대한 살린 채 막아내면, 오히려 테크 트리가 올라간 상황이나 마력 공급량이나 좋은 쪽은 자신이란 걸 이신은 똑똑히 알고 있었다.

한편, 이 같은 상황을 겪는 건 이신뿐만이 아니었다.

이신을 돕기 위해 헬하운드를 소환하자마자 급파한 오자서는 알렉산드로스의 헬하운드와 맞닥뜨렸다.

'이런, 방해받고 있어서 도울 수 없을 것 같네.'

오자서의 말에 이신은 고개를 끄덕였다.

'괜찮습니다. 알렉산드로스와 일대일에 집중하십시오.'

나폴레옹도 마찬가지로 오크 노예에 빙의한 조아생 뮈라의 급습을 받았다.

다행히 조아생 뮈라는 항우처럼 오추마를 소환하거나 하지는 못했기 때문에 이신처럼 난감하지는 않았다.

나폴레옹은 그럭저럭 원활하게 막아내는 데 성공했다.

'이쪽은 막아냈다.'

'추가로 오크 전사가 올지 모릅니다.'

'알고 있다. 잘 대비할 테니 문제없어.'

그나마 나폴레옹은 문제가 없어 보였다.

난장판!

여섯 계약자가 한데 어울러 진흙탕 싸움을 하고 있었다.

한편, 항우를 피해 달아난 이신의 노예들은 병영을 에워싼 채 대형을 짰다.

병영에서 궁병이 소환되자, 노예와 궁병이 합세하여서 오추마를 타고 날뛰는 항우에 대항했다.

슈칵!

"크악!"

항우는 비호처럼 덤벼들어 노예 한 명을 더 사살했다.

그러고는 궁병이 쏘는 화살을 피해 계속 움직였다.

계속 이신의 노예들이 일을 하지 못하도록 방해하려는 속셈이었다.

마력석 채집이 못하는 동안 이신의 손실은 누적되고 있었다.

때마침 콜럼버스가 도착했다.

[계약자 이신의 사도 하급 악마 콜럼버스가 능력 블링크를 사용합니다.]

[10미터 범위 내에서 순간이동을 합니다.]

콜럼버스는 블링크를 써서 단숨에 항우에게 접근.

마비침을 3발이나 연사하여서 그중 1발을 항우에게 맞추는 데 성공했다.

항우의 움직임이 잠시 멎은 틈을 타 궁병과 노예들이 일제히 공격했다.

"쉽게 죽을까보냐!"

포위당하는 바람에 더 도망칠 틈이 없어진 항우였지만, 오추마와 함께 길길이 날뛰며 격렬히 저항했다.

간신히 처치했을 땐, 이신도 노예를 2명이나 더 잃은 뒤였다.

지금까지 마력을 캐지 못한 시간까지 감안하면 이신의 피해도 상당했다.

'그래도 항우와 비교하면 얼추 잘 막아내긴 했다.'

이제 한숨 돌렸다고 이신은 생각했다.

그런데…….

"안녕하신가, 친구!"

쾌활하게 인사하며 이신의 본진에 나타난 오크 전사.

말투는 조아생 뮈라였다.

'당했군.'

나폴레옹은 조아생 뮈라의 오크 노예 급습을 한차례 막고는 이어서 올 오크 전사에 대비하고 있었다.

그런데 조아생 뮈라의 오크 전사는 나폴레옹이 아닌 이신에게 왔다.

'기어코 날 끝장내겠다는 뜻인가.'

두 번째 대결을 시작하기 전에 자신을 빤히 보던 알렉산드로스의 눈빛이 떠올랐다.

오크 전사는 오크 노예보다 훨씬 덩치가 크고 강력했다.

심지어 조아생 뮈라가 빙의되어 있다면, 이신은 더 큰 피해를 각오해야 했다.

'조아생 뮈라가 이쪽에 왔습니다.'

'나도 봤다.'

'아무래도 제 피해가 커질 것 같습니다만, 그만큼 적에게 보복을 해야 합니다.'

'내가 조아생 뮈라를 치겠다.'

사실 너무 무리해서 약해진 항우를 끝장내는 게 가장 좋았다.

하지만 항우의 위치는 11시로, 3시에 있는 나폴레옹과 거리가 멀었다.

때문에 바로 옆에 있는 조아생 뮈라를 치기로 한 것이다.

판단을 내리자마자 나폴레옹은 궁병 2명과 노예 4명을 이끌고 5시에 있는 조아생 뮈라의 진영을 향해 진격했다.

조아생 뮈라는 오크 노예를 총동원해 본진 출입구를 막았다.

하지만 나폴레옹은 무리해서 그걸 뚫을 생각이 없었다.

나폴레옹의 판단은 봉쇄.

궁병 둘이서 계속 화살을 쏘며 피해를 입힌다.

그러면서 노예 하나가 그 자리에 화살탑을 건설했다.

화살탑이 완성되고 궁병 2명이 들어가자 조아생 뮈라는 본진 밖으로 나올 수 없어졌다.

그 순간,

[계약자 나폴레옹 보나파르트님께서 고유 능력을 사용합니다. 200마력을 소모합니다.]

[봉쇄시킨 적의 공격력을 10% 약화시킵니다.]

[봉쇄시킨 적에 대한 공격이 10% 상승합니다.]
[봉쇄가 풀릴 때까지 효과가 지속됩니다.]

나폴레옹의 어마어마한 고유 능력이 발휘되었다.

지금 타이밍에 200마력을 쓴 것은 상당한 투자였지만, 효과는 실로 어마어마했다.

'이제 뭐라는 걱정 없다.'

도합 20%의 효과.

조아생 뮈라가 저 봉쇄를 뚫으려면 어마어마한 피해를 감수해야 할 터였다.

두 번째 대결.

싸움은 한 치 앞을 알 수 없었다.

*   *   *

조아생 뮈라를 봉쇄시키고 북서쪽으로 진군하는 나폴레옹.

조아생 뮈라가 빙의된 오크 전사의 끈질긴 괴롭힘을 어떻게든 막아내고 있는 이신.

하지만 변수는 알렉산드로스로 인해 벌어졌다.

오자서와 알렉산드로스는 서로 헬하운드를 최대한 모으며 대결을 펼치고 있었다.

직접 충돌해 대판 싸우기보다는 서로 빈틈을 노리며 기민하게 움직이는 신경전.

그런데 알렉산드로스가 돌연 병력을 끌고 조아생 뮈라의 본진을 향해 달렸다.

조아생 뮈라의 봉쇄를 풀어주고 합세할 생각이었다.

'알렉산드로스가 조아생 뮈라와 합세하면 곤란합니다.'

이신이 지적했다.

'어쩔 수 없군.'

나폴레옹은 결국 진군을 멈추고 회군했다. 오자서와 함께 조아생 뮈라의 봉쇄를 지키기 위해 되돌아갔다.

전세를 뒤흔들 뻔했던 나폴레옹의 진격을 알렉산드로스가 저지시킨 셈이었다.

한편, 조아생 뮈라가 빙의한 오크 전사는 이신을 끈질기게 괴롭히며 궁병 2명과 노예 1명을 죽이는 성과를 냈다.

간신히 오크 전사를 사살했지만, 이신은 극도로 가난한 상태.

콜럼버스도 마비침 5발을 다 사용해야 했다.

'괜찮아. 아직 항우보다는 괜찮으니까.'

2채로 늘린 병영에서 궁병을 꾸준히 소환하면서, 이신은 대장간을 짓기 시작했다.

항우에 이어 조아생 뮈라에게 휘말리는 바람에 테크 트리도 상당히 늦어졌다.

하지만 대장간을 짓고 무기 개발까지 완료하면 안심이었다.

오크 전사나 헬하운드 수준의 적 병력은 얼마든지 막을 수 있는 체제가 된다.

그런데 바로 그때였다.

"이놈!"

또다시 오크 군세가 침공하자 이신은 눈을 크게 떴다.

선두에 당당히 선 것은 오크 전사 1기.

그런데 그 오크 전사는 거대한 백마를 타고 있었다.

아까 소환했던 오추마를 타고 다시 나타난 항우였다.

이신보다 더 가난한 항우였지만, 간신히 오크 전사를 소환하자마자 공격 들어온 것이다.

그 뒤로는 오크 노예가 6명이나 됐다.

'올인(All in)이구나.'

오크 전사에 다시 빙의한 항우가 오크 노예까지 전부 끌고 다시금 공격을 온 것이다.

항우 자신으로서도 뒤가 없는 올인 러시였다.

오크 노예 6명, 오크 전사 1명.

이신의 전력은 궁병 3명에 콜럼버스 및 노예 다수.

치유 능력까지 쓰면 추가로 소환되는 궁병까지 합류해서 어떻게든 막아낼 수 있었다.

하지만 저 오크 전사가 항우가 직접 빙의했고 오추마까지 타고 있다는 부분이 걸렸다.

'알렉산드로스!'

이신은 이번 난전(亂戰)이 전부 알렉산드로스의 설계라는 것을 깨달았다.

타깃은 처음부터 이신.

항우를 버리는 패로 써서 집요하게 이신을 전장에서 끌어내릴 계획이었던 것이다.

항우가 오크 노예들을 이끌고 달려들기 시작했다.

이신도 노예를 총동원해 블로킹을 하고, 뒤에서 궁병들이 화살을 쏘게 했다.

'로흐샨'

"알겠습니다!"

궁병 3명 중 하나인 로흐샨이 자신의 능력인 유도 사격을 펼쳐 항우를 집중적으로 노렸다.

로흐샨은 백발백중.

당연히 함께 쏘는 궁병 둘의 화살도 똑같이 항우에게 향했다.

하지만 항우는 커다란 칼을 휘두르며 화살을 능수능란하게 쳐냈다.

그러면서 오추마가 앞발로 노예들을 후려치며 진열을 무너뜨렸다.

이것이 알렉산드로스가 이신을 타깃으로 한 노림수.

이신이 잘하는 계산된 수 싸움이 아닌, 항우와 조아생 뮈라의 용맹이라는 변수로서 혼전(混戰)을 유도하는 것이었다.

실제로 이신이 서열전에서 지금껏 당한 유일한 1패는 조아생 뮈라의 용맹이 만들어낸 변수였었다.

약점을 정확하게 파고든 것!

[계약자 이신님께서 고유 능력을 사용합니다. 1초에 5마력씩 소모됩니다.]

[주변의 모든 아군의 체력이 회복됩니다.]

이신은 치유 능력을 펼쳐서 맞서 싸웠다.

마력이 부족해서 치유 능력도 제대로 펼쳐지지 않았지만, 침착하게 필요할 때만 치유를 사용하며 대응했다.

노예들과 오크 노예들이 뒤엉켜 몸싸움을 벌였다.

항우는 좌로 우회하여 곧장 궁병들을 향해 달려들었다.

"말을 쏴라!"

로흐샨이 다시 한 번 유도 사격을 펼쳤다.

쉬쉬쉭—

"히히히힝!"

오추마가 화살에 적중되어 구슬프게 울었다.

아까도 항우가 오크 노예에 빙의하여 싸웠을 때 집중적으로 린치를 당해 체력이 많이 상한 채 도망쳤던 오추마였다.

오추마는 더 이상 달리지 못하고 비틀거렸다.

하지만 항우는 그걸로 충분했다.

그대로 말 위에서 뛰어내리며, 벼락 같이 이신이 빙의한 콜럼버스를 덮쳤다.

"죽어라!"

스컥!

베이는 순간, 이신은 강제로 빙의가 해제되었다.

'큭!!'

이신은 그 바람에 정신적인 데미지를 입고서 집중력이 흐트러

졌다.

더 이상 치유 능력을 쓰지 못하게 된 상황!

항우는 로흐산을 비롯한 궁병들도 하나둘 정리해 나갔다.

서로 병력 규모가 조금 더 많았다면 컨트롤 기법을 쓰는 이신이 월등히 유리한 싸움이 되었으리라.

하지만 이런 소수의 싸움에서는 컨트롤보다 더 큰 힘을 발휘하는 것이 개개인의 용맹!

용맹으로 고금을 통틀어 최고라 할 만한 항우를 상대로 당해 내기에는 무리였다.

콜럼버스가 당하면서 전세가 역전되었다.

항우는 로흐산을 비롯한 궁병들을 모두 정리하고, 추가로 소환된 궁병 2명까지 처치했다.

신들린 활약에 의해 이신은 노예까지 모조리 당하고 말았다.

거의 사기 같은 항우의 오추마 소환 능력은 이런 때에 너무나 큰 위력을 발휘했다.

[계약자 이신님의 모든 건물이 파괴되었습니다.]
[계약자 이신님이 전장을 이탈합니다.]

결국 전멸.

"수고하셨어요."

그레모리가 다가와 위로했다.

이신은 항우와 조아생 뮈라에게 연속으로 말려 버린 스스로를 탓할 수밖에 없었다.

"두 사람의 용맹을 앞세운 기습 작전은 염두에 뒀었는데, 이렇게까지 대담하게 펼칠 줄은 몰랐습니다."

"알렉산드로스가 지시한 작전이었어요. 오더를 내리면서 그는 철저하게 카이저를 노리더라고요."

제삼자의 관점에서 양측의 오더 상황까지 지켜볼 수 있었던 그레모리의 평이었다.

이신은 고개를 끄덕였다.

"그런 것 같았습니다."

"이제 이번 판은 진 걸까요?"

"5시 전투에서 두 사람이 이기면 됩니다."

5시는 조아생 뮈라의 본진 위치.

바로 조아생 뮈라를 봉쇄시켜 놓은 지역에서 벌어지는 네 계약자의 사투를 뜻했다.

조아생 뮈라가 봉쇄 판정을 받고 있어서 나폴레옹에 대하여 도합 20%나 전투력이 감소한 상태.

거기에 오자서의 능력인 '복수'도 있으니 그걸 잘 활용하면 이길 수 있으리라 봤다.

하지만…

[계약자 알렉산드로스님이 고유 능력을 사용합니다. 300마력이 소모됩니다.]

[사용자가 선두에 섰을 때 휘하 병력의 공격력이 20% 상승합

니다.]

결정적인 승부처에서 알렉산드로스의 능력도 작렬했다. 그의 고유 능력 또한 나폴레옹 못잖게 무시무시했다.

살아생전 늘 전장에서 앞장서서 싸웠던 성향이 고스란히 반영된 고유 능력이었다.

거기다,

[계약자 조아생 뮈라님께서 고유 능력을 사용합니다. 300마력이 소모됩니다.]

[사용자가 오크창기병이나 오크궁기병에 빙의해 있을 때 주위에 있는 병력의 공격력이 10% 상승합니다.]

저것은 처음 보는 조아생 뮈라의 고유 능력이었다.

"중급 악마가 되면서 능력이 진화된 모양이에요."

"…그렇군요."

이에 오자서까지 자신의 능력인 복수를 펼치며 맞대응해 치열한 전투를 벌였다.

승부처!

오추마를 잃은 항우조차도 홀로 헐레벌떡 뛰어가 합류했을 정도였다.

앞을 알 수 없는 승부.

이신과 악마군주들 모두 긴장한 채 전투를 지켜보았다.

약 1분이 경과되자 결과가 나왔다.

[악마군주 아가레스의 계약자 나폴레옹 보나파르트님이 패배를 선언하셨습니다.]
[악마군주 안드로말리우스의 계약자 오운님이 패배를 선언하셨습니다.]
[악마군주 바알, 아미, 벨리알님의 승리입니다.]

1승 1패.
한 번씩 승패를 주고받은 상황이 되었다.
"미안하다. 5시에서 좀 더 잘 싸웠으면 이겼을 텐데."
나폴레옹이 사과를 했다. 이신은 고개를 저었다.
"먼저 무너진 제 책임이 큽니다."
"그보다는 첫 번째 대결 때도 그랬지만, 알렉산드로스가 매번 먼저 과감한 군략을 썼소. 경과가 어찌 되었건 적이 의도한 판에서 싸워줬다는 뜻이오."
오자서의 지적이 정확했다.
이신은 고개를 끄덕이며 말했다.
"그렇습니다. 근본적인 원인은 우리가 장기전을 지향하는 걸 적이 알기 때문에 적이 먼저 초반에 과감한 승부수를 건다는 사실입니다. 이를 타개하려면 한 번쯤은 우리가 먼저 움직여야 합니다."
첫 대결 때는 나폴레옹을 봉쇄.

두 번째 대결 때는 항우와 조아생 뮈라가 빙의 및 기습.

굉장히 적극적으로 상대를 공략하려 드는 알렉산드로스였다.

그런 상대로 이쪽이 피동적으로 대응하면 결국 당하는 경우가 많았다.

"동의한다. 그럼 특별히 생각나는 전략이 따로 있나? 방금 전의 싸움을 생각하면 초반에 싸움을 걸어서 유리한 건 저쪽 같은데."

항우와 조아생 뮈라의 용맹!

아예 작정을 했는지 두 사람 다 사도 중에 오크 노예와 오크 전사가 있었다.

계속해서 빙의해서 용맹을 앞세워 싸우면, 소수 병력의 결전인 초반 다툼은 이신 일행이 불리했다.

"고급 병과로 승부를 보면 됩니다."

"고급 병과? 기사 말이군?"

나폴레옹은 금세 알아차렸다.

이신은 고개를 끄덕였다.

"특수병영을 극단적으로 빨리 짓고 기사를 일찍 소환합니다."

그러면서 이신은 자신이 개량한 빌드 오더를 나폴레옹에게 가르쳐 주었다.

그것은 실패 시 미래가 없는 도박성 전략이었다.

극단적으로 일찍 기사를 소환한 만큼, 마력을 채집하는 노예의 숫자가 부족해서 마력 공급이 점점 부족해진다.

대신 놀랍도록 일찍 기사 2기를 소환할 수 있다.

나폴레옹과 이신이 합하면 기사가 총 4기.

"해볼 만하겠군."

나폴레옹이 이신의 전략에 동의했다.

"한 번쯤은 우리가 먼저 찌르는 것도 좋겠구려."

"오자서님의 역할이 중요합니다. 이 전략을 들키지 않도록 정찰을 최대한 차단해 주셔야 합니다."

"알겠네."

알렉산드로스 측도 상의가 끝났는지 기다리는 눈치였다.

"고민이 많았나 보군?"

알렉산드로스가 농담을 건넸다. 1승을 만회하고서 의기양양해진 분위기였다.

"덕분에."

나폴레옹은 대수롭지 않게 대응했다.

─준비가 됐으면 곧바로 시작하지.

악마군주 아가레스의 말에 계약자들은 고개를 끄덕였다.

그렇게 세 번째 대결이 시작되었다.

'일단 건물로 최대한 본진 출입구를 막죠. 이전 판과 동일한 기습 작전을 또 쓸 수 있습니다.'

'알았다.'

이신과 나폴레옹은 서둘러 출입구를 심시티로 막기 시작했다.

이신은 9시.

오자서는 7시.

나폴레옹은 12시.

위치는 나쁘지 않았다.

가장 먼저 확인해야 할 것은 역시나 11시.

아군 사이에 낀 적이 있으면 우선적으로 처리하기 용이하기 때문이다.

가장 가까이에 있는 이신이 11시 정찰을 시행했다.

그런데 정찰 보낸 노예가 중간에 11시에서 나온 클로와 마주 쳤다.

'호오, 이거야……'

나폴레옹이 웃었다.

희소식이었다.

11시는 알렉산드로스였다.

*   *   *

아군 진영의 가운데에 끼어 있는 알렉산드로스.

이신의 계획에 청신호가 켜진 셈이었다.

'어쩔까?'

나폴레옹이 의견을 물었다.

'알렉산드로스도 자기가 처한 상황을 압니다. 자기 자신을 미 끼삼아 다른 두 사람이 역습할 겁니다.'

'그럼?'

'예정대로 갑니다. 오자서는 알렉산드로스를 나오지 못하게 밀 봉시키고, 그사이에 우린 기사를 소환합니다.'

'오케이.'

'알겠소.'

이신과 나폴레옹은 차근차근 계획대로 빌드 오더를 진행했다.

건물들로 본진 출입구를 완전히 막아버려 오크 노예나 오크 전사가 들어오지 못하게 했다.

그러면 자신도 밖으로 나갈 수 없으나, 그것이 또 상대를 방심시키는 속임수였다.

출입구를 막으면 상대측은 이신과 나폴레옹이 안전하게 테크 트리를 올리며 투석기를 제작한다고 생각할 터.

하지만 사실은 출입구를 막기 전에 미리 노예 2명을 빼놨다.

그 노예 2명이 은밀한 곳에 특수병영을 짓고 기사를 소환해 기습!

그것이 이신의 전략이었다.

오자서가 소환한 헬하운드 6마리가 알렉산드로스의 11시 본진으로 진격했다.

정찰로 이를 포착한 알렉산드로스는 마찬가지로 헬하운드로 본진 출입구를 막았다.

오자서도 이를 억지로 뚫으려 하지는 않았다.

상대측의 위치가 속속히 드러났다.

알렉산드로스는 11시.

다른 두 오크는 3시와 5시였다.

이신은 두 오크의 정찰 동선을 감안하여서 들키지 않을 만한 1시 지역에 특수병영 2채를 지었다.

거의 모든 마력과 철광석 자원을 쏟아부은 과감한 행보였다.

나폴레옹도 마찬가지로 전장의 중앙 지역에서 약간 위로 치우쳐진 곳에 특수병영 2채를 지었다.

그때쯤, 상대측 또한 본격적으로 움직임을 보였다.

[계약자 항우님께서 고유 능력을 사용합니다. 채집한 마력 중 200이 소모됩니다.]

[계약자 항우님의 패밀리어 오추마(烏騅馬)가 소환되었습니다.]

항우가 또 일찌감치 오추마를 소환한 것이다.

'또 시작됐군. 시간으로 보아 오크 전사에 빙의한 모양이야.'

'알렉산드로스를 도와주러 갈 겁니다. 협공당해 헬하운드를 잃지 않고 주의해 주십시오.'

'알겠네. 최대한 시간만 끌고 빠지지.'

오자서는 말뜻을 잘 알아들었다.

이신도 나폴레옹도 본진 출입구를 건물로 막은 상황이기 때문에, 항우가 향할 곳은 오자서에게 압박을 당하고 있는 알렉산드로스였다.

'조아생 뭐라도 곧 움직일 겁니다. 알렉산드로스의 위치가 좋지 않기 때문에, 싸움을 길게 끌고 싶지 않겠죠.'

'확신하는군?'

'자기 자신을 희생양으로 삼을 사람 같지 않았습니다. 자기가 없으면 이길 수 없으니 차라리 일찌감치 결판내자고 생각하겠죠.'

이신의 말에 나폴레옹은 웃음을 터뜨렸다.

'기가 막히는군! 정말 정확하게 봤어.'

굉장히 자의식이 강한 알렉산드로스의 성향을 감안하여서 예측하는 이신이었다.

오크 전사에 빙의한 항우가 오추마를 타고 11시로 달렸다.

알렉산드로스와 오자서의 헬하운드가 서로 대치하고 있는 상황.

거기에 항우가 나타나자 오자서는 싸우지 않고 병력을 뺐다.

'조아생 뭐라도 곧 움직일 겁니다.'

'셋이 연합하여 나를 치겠군.'

오자서의 말에 이신은 동의했다.

'그럴 겁니다. 본진에 방어를 해두고 최대한 시간을 끌면 우리가 역습으로 적을 격파하겠습니다.'

마물이나 오크의 단점은 디펜스.

유목민족의 특성을 가진 오크는 천막 형태로 이루어진 건물들의 내구력이 약해 심시티가 불편했다.

마물은 건물이 다 땅에 마법진을 그리는 형태라 아에 심시티가 불가능했고 말이다.

그래서 이신은 방금 전의 두 번째 대결에서 패배했을 때 이러한 전략을 떠올렸다.

초반에 맞서 싸우기보다는 빈집털이로 서로 맞바꾸는 형태의 카운터 싸움을 말이다.

예상대로 조아생 뭐라도 오크 전사들을 이끌고 나타났다.

알렉산드로스의 헬하운드의 숫자도 상당했으며, 항우 역시 오크 전사를 추가로 합류시켰다.

셋이 합쳐지자 상당해진 병력!

그들은 일제히 오자서의 본진이 위치한 7시로 남하하기 시작했다.

이신과 나폴레옹에게서 기사가 2기씩 소환 완료된 것도 바로 이때였다.

이신이 소환한 기사 둘 중 하나는 바로 서영.

손견과 조조에게 뼈저린 패배를 안겨주었던, 말이 필요 없는 용장이었다.

나폴레옹의 기사 또한 면면이 대단하였다.

기사 2기가 모두 나폴레옹이 거느린 사도였던 것이다.

한 사람은 니콜로 우디노.

일생동안 24차례 부상을 당할 정도로 맹렬히 싸워 프랑스의 전공 영웅이라는 나폴레옹의 찬사를 받았던 맹장.

계약자가 된 나폴레옹의 사도가 되어 마계까지 쫓아올 정도로 충성심이 깊어, 살아생전에 배신을 많이 겪어본 나폴레옹이 가장 신임하는 사내였다.

다른 한 사람은 니콜라 장드듀 술트.

역시나 살아생전 나폴레옹 휘하의 원수(元帥)였다.

워털루 전투 때 총참모장으로서 패배에 크게 일조하는 등 전략가로서는 부족함이 많은 인물.

그러나 현장에서는 유능한 야전 사령관으로 활약했었다. 특히 아우스터리츠 전투 땐 오스트리아군이 포진한 고지를 15분 만에 점령하는 엄청난 전과를 올린 바 있었다.

나폴레옹은 사석에서 그를 '대륙 최고의 유인 전술가'라 칭찬했다고 한다.

포르투갈 원정 때나 스페인 전선 등에서 어마어마한 재물과 미술품을 약탈했는데, 그 탓에 지옥에서 죗값을 치르다가 나폴레옹의 사도로 임명됐다.

재미있는 점은 그의 처세술.

나폴레옹 퇴위 후 루이 18세에게 충성을 맹세하지만, 나폴레옹이 엘바 섬을 탈출하자 곧장 그에게 달려가 참모총장이 되었다.

나폴레옹이 100일 천하를 끝으로 완전히 몰락하자 프랑스 왕실로부터 추방당하지만, 1819년에 루이 18세의 용서를 받고 복귀해 국방장관이 됐다.

그러더니 1830년에 7월 혁명이 일어나 루이 필리프가 입헌군주제를 천명하자, 재빨리 루이 필리프에게 충성하면서 국무총리의 자리를 얻는다.

그의 처세는 거기서 끝나지 않는다.

1848년 혁명이 일어나자 이번에는 루이 필리프를 버리고 자신이 공화주의자라고 주장, 혁명가들을 지지한 것이다.

그런 식으로 술트는 나폴레옹과 동갑으로 태어나 82세까지 천수를 누렸고, 죽어서는 다시 나폴레옹의 사도로 임명되어서 지옥을 탈출했다.

그렇게 사연이 많은 나폴레옹의 두 사도가 전장에 나타난 것이다.

'어딜 먼저 치는 게 좋겠나?'

'3시가 가장 가깝습니다.'

'좋아!'

4기의 기사가 3시 오크 진영으로 달렸다.

이제부터는 속도전이었다.

알렉산드로스는 항우, 조아생 뮈라와 연합하여서 확실히 오자서를 쳐서 무너뜨릴 터였다.

셋의 공격을 받으며 오자서가 시간을 최대한 벌어주는 사이에, 이신과 나폴레옹은 기사들을 활용해 적에게 최대한 타격을 입혀야 했다.

일단 가장 가까운 3시 오크 본진으로 기사들이 달렸다.

'오크 노예만 학살하고 바로 빠집니다.'

'알았다.'

기사 4기가 3시 오크 본진에 들이닥쳤다.

"취익! 공격이다!"

"기사다, 취익!"

오크 진영은 우왕좌왕했다.

이렇게 이른 시간에 기사가 4기나 있을 줄을 꿈에도 몰랐으리라.

막 새로 소환된 오크 전사도 기사 넷이 달려들자 순식간에 살해낭했다.

'좌로 돌아 퇴로 차단.'

'맡겨라.'

나폴레옹의 기사들이 좌측으로 돌아서 오크 노예들을 덮쳤다.

이신의 기사들은 반대인 우측으로 돌아서 도망치는 오크 노예들에게 돌격을 감행했다.

"돌격!"

서영과 기사가 기사의 기술인 돌격을 실행했다.

퍼버버벅! 콰지직!

"취이익!"

"취익!"

일직선상에 있던 오크 노예들이 그야말로 떼죽음을 당했다.

양방향에서 기사들이 목줄을 죄어 마력석을 채집하던 오크 노예들을 남김없이 살육했다.

이만하면 제기불능이었다.

'이제 됐습니다.'

'다음은 5시지?'

'맞습니다.'

조금도 지체할 틈이 없었다.

오자서는 공격을 받아서 거의 멸망 직전에 몰려 있었다.

헬하운드와 클로를 총동원해 화염진을 끼고 대항했지만, 셋이서 합세해 공격하는데 당해낼 재간이 있을 리 없었다.

기사 4기가 곧바로 5시 오크 진영으로 향했다.

5시 오크는 3시 오크가 습격당한 걸 알고 대비를 하고 있었다.

출입구에 세워놓은 오크 전사 1명 및 오크 노예 5명이 바로 그것이었다.

"쉽게는 못 지나간다! 이 몸은 싸움질 하나로 왕까지 된 몸이야!"

큰소리를 탕탕 치는 오크 전사.

'뮈라로군.'

'그런 것 같습니다.'

'엄밀히 말해 나 아니었으면 저런 바보가 나폴리의 왕이 되지는 못했지.'

이번에는 나폴레옹의 두 기사가 앞장서서 돌격을 감행했다.

중무장한 기사 2기가 나란히 서서 돌격하는데, 천하의 조아생 뮈라라도 당해낼 도리가 없었다.

조금 저항했지만, 오히려 좁은 출입구를 막고 있었던 터라 돌격에 더 크게 당해 버렸다.

돌파하고 안으로 들어간 기사들은 역시나 오크 노예들을 습격했다.

몰이사냥 하듯이 네 방향에서 몰아넣어서 오크 노예들을 살육했다.

그러는 동안에도 특수병영에서는 다시 기사가 소환 완료되었다.

이제 기사는 총 8기였다.

[계약자 오운님의 모든 건물이 파괴되었습니다.]
[계약자 오운님이 전장을 이탈합니다.]

오자서의 멸망 소식이 전해졌다.

하지만 오자서가 희생해준 덕에 항우와 조아생 뭐라를 박살 낼 수 있었다.

이제 두 사람은 오크 노예가 없기 때문에 다시 회생해서 병력을 소환할 마력을 얻기까지 긴 시간이 필요했다.

'이제 북상합니다. 알렉산드로스는 우리의 특수병영을 찾아서 부수려 할 겁니다.'

이신은 알렉산드로스의 움직임을 훤히 꿰뚫었다.

간단했다.

상대도 현 상황에서 해야 할 최선을 택할 테니 말이다.

일단은 어딘가에 숨겨 지은 특수병영을 부숴야 추가로 병력 소환을 못할 테니 말이다.

'거기서 끝장을 보지!'

두 사람은 특수병영을 숨겨 지은 중앙 지역으로 달렸다.

예상대로 그곳에 알렉산드로스 측의 군세가 나타났다.

헬하운드와 오크 전사가 뒤섞인 연합 병력.

오추마에 타고 있는 항우가 유독 눈에 띠고 있었다.

승부를 판가름할 전투가 시작되었다.

이신은 기사 8기를 4기씩 둘로 나눠서 양방향에서 덮쳤다.

새로 소환된 기사 4기가 일제히 돌격을 사용해 적을 분단시켰다. 그리고 그중 한쪽을 둘러싸서 괴멸시켰다.

　거의 날아다니는 항우가 문제였지만, 서영과 니콜라 우디노가 합세하여 맞섰다.

　[계약자 나폴레옹 보나파르트의 사도 상급 악마 니콜라 우디노가 능력 버서크를 사용합니다.]

　[주위 아군이 부상당할수록 공격력이 강해집니다.]

　니콜라 우디노는 놀랍게도 상급 악마!

　나폴레옹의 가장 큰 신뢰를 받은 까닭에 마력도 많이 하사받은 것이다.

　그만큼 위력도 놀라웠다.

　니콜라 우디노와 주변에 있는 서영을 비롯한 아군 기사가 부상당할수록 더 용맹해졌다.

　알렉산드로스의 헬하운드 숫자가 꽤 많아서 싸움이 팽팽했지만, 특수병영에서 다시 기사 4기가 소환되자 이제 전세는 완전히 기울어졌다.

　항우와 조아생 뮈라는 추가 병력을 소환할 여력이 못 되었던 까닭이다.

　[악마군주 바알의 계약자 알렉산드로스 메가스님이 패배를 선언하셨습니다.]

[악마군주 아미의 계약자 항우님이 패배를 선언하셨습니다.]

[악마군주 암두시아스의 계약자 조아생 뮈라님이 패배를 선언하셨습니다.]

[악마군주 아가레스, 그레모리, 안드로말리우스님의 승리입니다.]

2승 1패.

다시 이신 일행이 앞서 나갔다.

이제 72악마군주의 축제가 마지막에 이르고 있었다.

제5장

결판

72악마군주의 축제, 네 번째 대결이 시작됐다.

지난 세 차례의 대결에서 양측이 모두 기습적인 초반 전략을 구사한 상황.

이번에는 알렉산드로스도 몸을 사리고 안전에 보다 신경을 썼다.

이른 타이밍에 격돌한 대결에서 2승 1패.

꼭 초반에 승부를 보는 게 자신들에게 유리한 건 아님을 결과가 증명하고 있었다.

'오크의 기병 전력이 확보될 때까지는 우리도 시간을 벌자.'

나폴레옹 측 또한 상황이 무난하게만 흘러가면 고급 병과로 막강한 화력을 낼 수 있는 후반 타이밍을 기다릴 터.

그렇다면 일단 주도권은 중반부터 강력해지는 이쪽에 있다.

초반 혼전에서 재미보다 쓴맛을 더 봤으니 전략 컨셉을 수정한 것은 당연한 일이었다.

물론 그렇다고 초반이 아무 일도 없이 흘러간 것은 아니었다.

알렉산드로스는 계속 위협을 가하여 적에게 방어를 취하게 했다.

상대는 휴먼이 둘이나 있었다.

휴먼이 강해지는 타이밍을 최대한 늦추는 것이 상책이었다.

'역시 가장 중요한 건 놈을 먼저 제거하는 일이다.'

알렉산드로스는 이신을 의식했다.

아직 한 번도 겪어보지 못한 상대라 예측불허였다.

모든 것을 다 통찰할 수는 없는 법.

마땅히 상대의 성향과 그간의 경험을 통해 예상해야 하는데, 그런 면에서 처음 보는 신임 계약자인 이신은 골치가 아팠다.

그저 그런 어중이떠중이였다면 모를까, 이신은 판단이 신속하고 날카로웠다.

'곧 타이밍이 온다.'

알렉산드로스는 시류를 읽었다.

이제 휴먼은 곧 투석기가 제작 완료될 시점이었다.

첫 투석기가 완성되면, 이신과 나폴레옹은 앞마당에 마력석 채집장을 구축할 것이다. 투석기가 있으니 앞마당을 확보해도 방어가 된다고 여기는 것이다.

반면, 알렉산드로스 측은 슬슬 병력이 쌓이고 있는 시점이었다.

지금까지와 달리 초반에 무리를 하지 않은 항우와 조아생 뮈라는 순조롭게 오크창기병과 오크궁기병을 모았다.

　알렉산드로스는 독포자꽃을 다수 모아서 언제든 공격을 떠날 준비가 되어 있었다.

　'적어도 마력석 채집장 하나는 없애놔야 한다.'

　기껏 병력이 모였으니 공격에 써서 소비해야 마땅했다.

　물론 병력을 소비한 만큼 대가도 있어야 이쪽이 계속 주도권을 유지할 수 있는 것이다.

　상대측은 아직 충분한 병력이 모일 때까지 꾹 참고 수비해야 하는 시기이니, 공격권을 쥐고 있을 때 신나게 두들겨 패줘야 했다.

　'이제 출진이다.'

　'그 말을 기다렸소!'

　'이제야 제대로 된 싸움을 하겠군.'

　항우와 조아생 뮈라도 기꺼워했다.

　비로소 제대로 기병을 이끌고 공격을 펼치게 되었으니 말이다.

　이신은 3시.

　나폴레옹은 5시.

　오자서는 6시.

　위치로 보면 전장의 우측 하단에 옹기종기 모여 있는 모양새였다.

　곁에 붙어 있는 이신과 나폴레옹이 서로 연계하여 탄탄한 방어선을 구축하고 있으니, 일단 첫 타깃은 정해져 있었다.

'목표는 6시다.'

알렉산드로스가 천명했다.

일단은 기민하게 움직이며 첨병 역할을 하는 오자서부터 칠 생각이었다.

'이제 계략 따윈 필요 없이 실력 행사다. 어디 서로 원하던 대로 판을 만들어 주었으니 한판 붙어보자!'

*   *   *

'적이 오는군.'

나폴레옹이 정찰을 통해 알렉산드로스의 동향을 포착했다.

이신이 말했다.

'예상했던 일입니다. 알렉산드로스가 이번에는 전술로 실력을 겨루자고 말하는군요.'

피차 특별한 계략 없이 순조롭게 흘러가 지금에 이른 상황.

지난 세 차례의 대결이 모두 어지러운 싸움이었던 터라, 서로 물러나 이번에는 이런 무난한 실력 대결이 된 것이다.

'이번 한차례만 버텨내면 적이 다시 병력을 모을 때까지 시간을 벌 수 있습니다.'

'우리의 피해는 어디까지가 상한선이라고 생각하나?'

오자서가 물었다.

이신이 답했다.

'적 병력을 괴멸시킬 수 있다면 마력석 채집장 2곳까지는 괜찮습니다.'

이미 투석기를 제작하기 위한 테크 트리는 모두 확보한 상태.

적이 잃은 병력을 다시 복구하는 동안, 이쪽도 잃은 마력석 채집장을 다시 구축하면서 투석기도 제작해 늘려 나갈 수 있다.

투석기가 일정 수 이상 늘어나면 적은 더 이상 선불리 침공을 못하게 된다.

그러면 양상은 이제 거꾸로 알렉산드로스가 이신 일행의 진출을 저지해야 하는 수비적인 입장으로 바뀌는 것이다.

즉, 이번 전투는 양측 모두 중요했다.

알렉산드로스는 병력이 충분히 모인 이때에 최대한 많은 전과를 거둬야 하고, 이신 일행은 잘 막아내기만 하면 자연스레 주도권의 바턴을 넘겨받을 수 있다.

최악은 마력석 채집장 2곳 이상을 잃고도 적이 병력을 어느 정도 보존한 채 물러나는 것.

혹은 이신, 나폴레옹, 오자서 중 한 사람이 멸망당하는 것.

'적은 6시를 칠 겁니다. 오자서님은 적당히 싸워주다가 앞마당을 내주고 적을 끌어들이십시오.'

'알겠네.'

'그렇게 되면 6시 앞마당에서 5시 앞마당으로 이어지는 길목을 통해 적이 계속 진격할 겁니다.'

'거기까지 끌어들였을 때가 진짜 승부로군.'

'예. 적을 가둬놓고 몰살시킵니다.'

날랜 기병을 상대하는 가장 좋은 방법은, 좁은 공간에 가둬놓고 섬멸시키는 것.

오자서의 앞마당은 이를 위한 미끼였다.

병력을 모두 잃어도 마력석 채집장 2곳을 파괴했다면 얼추 손익(損益)이 맞는다고 적이 생각할 수도 있었다.

이신도 알렉산드로스가 그렇게 생각해 주길 바랐다.

사실은 7시 지역에 오자서가 몰래 지어 놓은 또 다른 마력석 채집장이 있었기 때문이다.

아슬아슬하게 적이 7시에 정찰을 보내어 몰래 지은 적의 마력석 채집장이 있는지 확인한 직후에 오자서가 그곳에 자리 잡은 것이다.

정찰 감각이 절정에 오른 오자서가 적의 정찰을 역이용한 센스 넘치는 한 수였다.

이제 한동안 적은 등잔 밑이 어두운 것처럼 이미 정찰했던 7시를 의심하지 못할 것이다.

알렉산드로스 측의 군세가 침공했다.

예상대로 6시.

선봉에 선 것은 조아생 뮈라의 기마군단이었다.

"가자!"

오자서는 미리 독포자꽃들을 엔트로 변태(變態)시켜 6시 앞마당으로 진입하는 출입로에 도열시킨 상황.

움직임이 둔하지만 튼튼하고 여러 개의 가지를 뻗어 다수의 적을 한 번에 공격하는 엔트는 방어에 아주 적합했다.

이 튼튼한 엔트 방어벽을 상대로 조아생 뮈라는,

"돌격!"

조금의 지체도 없이 곧장 돌격했다.

오크창기병들이 조아생 뮈라의 뒤를 따라 질주해 단숨에 엔트들에게 달라붙었다.

그 뒤에서 오크궁기병이 활을 쏘며 지원했다.

달리 강행 돌파 외엔 뾰족한 수단이 없는 상황에서 1초의 지체함도 없는 조아생 뮈라의 과감함은 큰 위력을 발휘했다.

거기다가 사도들까지 총동원되었다.

[계약자 조아생 뮈라의 사도 하급 악마 렉투스가 능력 궁시를 사용합니다.]

[말에서 내려 강력한 궁시(弓矢)를 펼칩니다.]

빙의 능력을 갖지 않은 조아생 뮈라의 유일한 사도였다. 오크궁기병이었던 사도 렉투스는 말에서 내려 거대한 활을 꺼내 화살을 쏘았다.

피이잉!

일반적인 오크궁기병의 사거리를 훨씬 상회하는 먼 거리에서 쏜 화살이 엔트에게 계속 적중되었다.

[계약자 알렉산드로스 메가스의 사도 중급 악마 룬이 능력 피의 포자를 사용합니다.]

[자신을 희생해 강력한 중독성을 가진 피의 포자를 사방에 뿌립니다.]

사도로 임명되고 마력까지 부여받아 일개 마물에서 중급 악마로 거듭한 독포자꽃 룬.

룬은 자신의 몸을 폭발시키며 잔뜩 머금고 있던 피의 포자를 퍼뜨렸다.

주위 아군이 피의 포자를 뒤집어썼다.

"취이익!"

"공격해라!"

"싸우고 싶다, 취익!"

피의 포자는 맹렬한 공격성을 유도하는 성분이 있었다.

조아생 뮈라의 오크창기병들이 피의 포자로 인해 더욱 맹렬해져서 오자서의 방어선을 뚫었다.

'사도들의 능력을 계속 사용하고 있는데, 정작 자신들의 능력은 아껴놓고 있군.'

오자서는 치열한 접전을 펼치는 와중에도 냉정하게 분석했다.

'이제 슬슬 후퇴하셔야 할 듯합니다.'

'알겠네.'

물론 오자서는 앞마당을 그냥 적에게 내주지는 않았다.

물러나기 전에 독포자꽃들이 독포자를 있는 대로 뿌려서 앞마당 지역 전체를 독포자로 이루어진 안개로 덮어버린 것이다.

그리고선 전 병력은 물론 앞마당 마력석 채집장에서 일하던 클로들까지 모두 본진으로 대피시켰다.

*   *   *

"진입했다! 다 부숴버려!"

엔트들이 모두 쓰러지고, 조아생 뮈라가 돌파에 성공했다. 기세등등해진 조아생 뮈라가 소리쳤다.

오크창기병들이 일제히 공격을 퍼부어 오자서의 앞마당에 그려진 마법진을 파괴해 버렸다.

오자서가 뿌려놓고 간 독포자 안개 때문에 체력이 야금야금 닳고 있었지만 개의치 않고, 오히려 본진까지 오자서를 추격했다.

오자서는 본진 출입구에 다시 엔트들을 잔뜩 세워놓아서 막아냈다.

"쳇, 뚫으려면 시간낭비군."

조아생 뮈라는 입맛을 다시며 물러났다.

'됐다! 바로 5시로!'

알렉산드로스는 빠르게 휘몰아쳤다.

오자서의 본진은 내버려 둔 채, 곧바로 5시로 향한 것이다.

3시의 이신과 5시의 나폴레옹이 합세해서 구축한 방어선은 정면으로 뚫기 부담스러웠다.

때문에 6시 앞마당을 경유하여서 5시로 향하는 측면 루트를 침공로로 활용한 것이다.

이는 이신도 미리 예상하고 설계한 바였다.

이신이 미리 예상하고 만반의 태세를 갖춰놓았다는 것을 알렉산드로스 또한 알고 있었다.

그걸 알면서도 기꺼이 뛰어든 것이다.

5시, 나폴레옹의 앞마당 지역에서 재차 전투가 벌어졌다.

화살탑 2채가 건설되고 그 뒤로 투석기가 배치된 나폴레옹의 방어선.

선봉장인 조아생 뮈라는 그대로 저돌적으로 달려들었다.

말을 타고 달린 조아생 뮈라는 그대로 투석기를 향해 몸을 던지다시피 했다.

화살탑에서 석궁병들이 쏘는 볼트를 맞아가면서 말이다.

"크아아!"

서컥!

볼트에 맞아 만신창이가 된 채로, 조아생 뮈라는 투석기를 조종하던 공병의 목을 베는 데 성공했다.

그 바람에 조아생 뮈라가 빙의한 사도도 죽었지만 상관없었다.

"이제 좀 낫구나! 하하!"

삽시간에 다른 사도의 몸으로 빙의한 조아생 뮈라가 다시 활개 친 것이다.

그런 식으로 사도의 몸을 몇 번이고 갈아치우며 최전선에서 싸운 조아생 뮈라의 활약!

자신의 병력은 거의 다 소진했지만, 조아생 뮈라는 끝내 나폴레옹의 방어선까지 돌파하고 5시 앞마당에 발을 디디는 데 성공했다.

이제 다음 차례는 뒤따르던 알렉산드로스였다.

[계약자 알렉산드로스님이 고유 능력을 사용합니다. 300마력이 소모됩니다.]

[사용자가 선두에 섰을 때 휘하 병력의 공격력이 20% 상승합니다.]

알렉산드로스는 고유 능력을 펼치며 조아생 뮈라가 열어놓은 길로 들이닥쳤다.

독포자꽃들이 독포자를 내뿜이 시작했다. 일부는 그 자리에서 엔트로 변태하기 시작했다.

독포자가 안개처럼 사방을 메웠다.

5시 앞마당에서 마력석을 채집하던 노예들이 일제히 대피했지만, 일부는 독포자에 중독되어 사망했다.

알렉산드로스는 오자서에 이어 나폴레옹의 앞마당까지 맹렬하게 짓밟았다.

그런데 바로 그때였다.

'응?'

알렉산드로스는 문득 3시 방면의 하늘에서 이상한 것이 날아오고 있음을 알아차렸다.

그것은 3척이나 되는 열기구였다.

열기구 3척이 싣고 있던 투석기를 곳곳에 내렸다.

이윽고,

슈우우웅!

퍼어어억!

"키엑!"

"키이이익!"

사방에서 바위가 날아와 독포자꽃들을 짓이겼다.

강 건너에서도, 언덕 위에서도, 언덕 너머 나폴레옹의 본진 쪽
에서도, 투석기가 바위를 쏘고 있었다.

'쳐 놓고 있던 덫이 이거냐?'

알렉산드로스는 열기구를 활용해 삽시간에 펼친 상대의 투석
기 배치에 감탄했다.

아슬아슬하게 사거리가 닿는 곳에 모조리 투석기가 배치되었
다.

5시 앞마당에 모인 적에게 모든 방향에서 투석기가 타격했다.

마치 먹이가 오기를 기다렸다가 단숨에 그물을 친 듯했다.

'앞마당만 부수고 바로 후퇴다!'

알렉산드로스는 나폴레옹의 앞마당에 있는 마력석 채집장을
부쉈다.

그리고 왔던 길로 다시 병력을 후퇴시켰다.

아니, 후퇴하려 했다.

"키히히이이이이이이……!"

"키에에에……!"

엔트들이 가로막았다. 오자서가 다시 나타나 퇴로를 끊은 것이다.

아무도 살아 나가지 못하게 하려는 확고한 의지가 엿보였다.

*　　　　*　　　　*

'저 병력이 어디서 나왔지?'

알렉산드로스는 오자서의 엔트들을 보며 의문을 품었다.

앞마당이 파괴되면서 오자서의 병력도 많이 상했다.

더욱이 잔존 병력도 전부 본진으로 후퇴한 상황.

알렉산드로스는 오자서가 뒤를 치는 일이 없도록, 일부 병력을 남겨서 오자서가 본진 밖으로 못 나오게 막아두었다.

그런데 저 엔트들은 어디서 왔단 말인가?

미리 따로 빼둔 병력이 있다고 여기기에는 계산이 잘 맞지 않았다.

병력에 여유가 있을 정도로 마력이 풍부했단 말인가?

'몰래 마력석 채집장을 지어 놓았구나.'

곧바로 알아챈 알렉산드로스.

그는 항우에게 명했다.

'앞장서서 퇴로를 열어라.'

'알겠소!'

항우가 오크창기병과 오크궁기병을 끌고 퇴로를 열기 시작했다.

결국 이거였나.

알렉산드로스는 상대가 숨기고 있던 패가 무엇인지 알 수 있었다.

'그렇다면 이쪽도 숨긴 걸 꺼내보여야지.'

오자서가 퇴로를 막고, 전방위에서 투석기가 바위를 쏴서 알렉산드로스의 병력을 공격했다.

알렉산드로스는 항우를 앞세운 돌파로 퇴로를 뚫고 탈출했지만, 살아나간 병력은 얼마 되지 않았다.

'이만하면 성공이군.'

나폴레옹이 말했다.

'아직 모릅니다.'

'뭐?'

의아해하는 나폴레옹에게 이신이 말했다.

'추가 병력이 보이지 않습니다.'

'다시 병력을 모으며 숨고르기를 하고 있는 게 아니냐.'

'정찰을 해볼 필요가 있습니다.'

이신은 미묘하게 이상한 직감이 들었지만, 원인은 알 수 없었다.

일대일이 아니기 때문에 워낙에 변수가 많아 계산이 완벽할 수 없었던 것이다.

나폴레옹과 오자서는 부서진 마력석 채집장을 다시 재건했다.

전투에 소모된 투석기도 다시 제작해서 숫자를 채워 넣었다.

점점 많아지는 투석기의 숫자.

이제 조금만 더 시간이 지나면, 주도권은 이쪽으로 넘어온다.

그런데 잠시 후,

"키에에엑!"

"키엑!"

괴성을 지르며 날아오는 마물 떼가 있었다.

이신은 자신이 불길하게 느꼈던 것이 바로 저것이었음을 깨달았다.

바로 마룡이었다.

'마룡이라고?'

'아까만 해도 독포자꽃을 모았던 자가 벌써 마룡이라니?'

나폴레옹과 오자서가 깜짝 놀랐다.

이신은 답을 알고 있었다.

'아까 공격을 시작할 때 이미 독포자꽃 소환을 멈추고 마룡을 준비했던 것 같습니다.'

아까 침공을 했을 때 알렉산드로스는 투석기와 열기구를 확인했다.

그걸 보고 확신했다.

이신과 나폴레옹에게 마법사가 없다는 것을 말이다. 마룡의 천적인 마법사가 없다는 걸 확인.

그래서 곧바로 마룡을 소환하기 시작한 것.

그래서 전투가 끝난 직후에, 소환된 마룡을 보내 곧바로 공격을 재개할 수 있었던 것이리라.

'타이밍이 묘하게 이상했다고 느낀 건 이 때문이었군.'

독포자꽃과 마룡 두 가지 체제의 테크 트리를 모두 준비했기 때문에 묘하게 알렉산드로스가 공격에 나선 타이밍이 늦은 것이다.

마룡들이 3시의 이신 본진을 헤집어놓기 시작했다.

9마리밖에 되지 않았지만, 지대공 공격 수단이 턱없이 부족한 이신은 곤경에 처했다.

"키에에엑!"

화르르!

마룡들이 입에서 작은 불덩어리를 쏘며 공격을 퍼부었다.

이신은 일하던 노예들을 대피시키며, 석궁병들로 맞섰다.

하지만 몇 안 되는 석궁병들은 마룡 떼의 상대가 되지 않았다.

'내가 돕겠네.'

오자서의 독포자꽃이 달려와 이신을 도와주었다.

독포자꽃이 독포자를 내뿜으며 마룡을 쫓아냈다.

마룡은 싸움을 피하면서 집요하게 일하는 노예들만 습격했다.

피해가 점점 커지는 사이, 7시까지 기습을 받았다.

오자서가 이신을 돕기 위해 병력을 움직이자, 빈틈을 노리고서 7시에 몰래 지었던 마력석 채집장을 공략한 것이다.

알렉산드로스가 마룡으로 흔들고, 드러난 빈틈을 항우와 조아생 뮈라의 기병 전력이 공격! 아주 매끄러운 연계였다.

어찌해 볼 틈도 없이 7시가 파괴되었다.

'역시 만만치가 않군.'

나폴레옹이 투덜거렸다.

'마법사를 준비하십시오. 알렉산드로스는 마룡과 엔트로 맞설 생각입니다.'

'알겠네.'

이신과 나폴레옹은 마탑을 건설하고 마법사를 준비했다.

투석기와 마법사의 조합으로 승부를 볼 심산이었다.

하지만 계속 하늘에서 불쑥 나타나 게릴라를 펼치는 마룡들이 이신을 가난하게 했다.

마법사를 준비하면서 마룡을 쫓아내기 위해 석궁병도 계속 소환해야 했고, 마력의 소모가 점점 커졌다.

그러는 동안 알렉산드로스 측은 다시 한 번 병력을 모았다.

기습적인 마룡 활용으로 피해를 입혀 타이밍을 한차례 더 만들어낸 것이다.

'놈들이 다시 오고 있소.'

정찰을 한 오자서가 적의 이동을 포착했다.

오크창기병과 오크궁기병의 숫자가 상당했다.

'저 정도 규모면 쥐어짜냈군. 이번 한 싸움만 더 넘기면 돼.'

하지만 아까보다 훨씬 힘든 싸움이 될 것 같았다.

항우와 조아생 뮈라의 기마군단이 이신의 3시 진영을 공격했다.

건물로 바리케이드를 치고 화살탑과 투석기로 잘 방비된 이신의 방어선.

그럼에도 상대는 막대한 병력으로 무작정 밀어붙였다.

물량 공세!

길을 막고 있는 건물을 부수고 진입, 화살탑과 투석기를 공격했다.

투석기가 계속 바위를 쏘아 적을 쓰러뜨렸지만, 맹렬한 공세로 기어코 방어선을 뚫는 모습이었다.

앞마당까지 진입하는 적들을 지켜보며, 미리 준비해 둔 마법사를 쓰기로 했다.

파이어 스톰이 정통으로 들어가면 전세는 단숨에 역전이었다.

그런데,

"키에엑!"

반대편 상공에서 마룡들이 날아왔다.

'어쩐지 보이지 않더라니!'

마룡들이 노리는 건 바로 마법사였다!

이신은 다급해진 나머지, 마법사로 하여금 마룡들에게 마법을 쓰게 했다.

"파이어 스톰!"

화르르르륵!

삽시간에 벌어진 일이었다.

파이어 스톰의 붉은 불꽃이 하늘에 수놓아졌다.

그와 동시에 마룡들이 뿔뿔이 흩어지는 바람에 제대로 먹히지 않았다. 한두 마리만 격추되었을 뿐이었다.

이번에는 마룡들이 마법사에게 화염탄을 날렸다.

화르르!

"끄아아악!"

삽시간에 벌어진 사태였다.

알렉산드로스는 기습적인 마룡 활용으로 이신의 마법사를 암살하는 데 성공했다.

전세를 뒤집는 변수를 만들어낼 수 있는 마법사를 멋지게 제거한 것이다.

공중에서는 마룡이, 지상에서는 기마군단이 밀고 들어왔다.

오자서가 뒤늦게 도우러 왔지만, 이미 이신의 방어선은 붕괴되고 있었다.

계속해서 이신의 본진까지 침투한 마룡들은 마탑 건물 위를 배회했다.

마탑에서 마법사가 소환 완료되어 나타난 순간,

화르르륵!

"으악!"

마룡들에 의해 아무것도 못 해보고 마법사는 잿더미가 되었다.

이신은 고개를 저었다.

이번에는 졌다.

알렉산드로스가 모루가 되고 항우와 조아생 뮈라가 망치가 될 거라는 예상은 틀렸다.

망치는 알렉산드로스 자신이었다.

항우와 조아생 뮈라가 정면 돌파를 시행하게 하고, 자신은 마룡으로 비행하며 계속 적의 측면과 배후를 찌르는 탁월한 전술!

이신은 결국 앞마당의 마력석 채집장까지 돌파 당했다.

적은 아예 이참에 이신의 숨통을 끊으려는지 본진까지 밀고 들어오려 하고 있었다.

'본진 안으로 들여보내.'

문득 나폴레옹이 말했다.

'본진으로?'

'그렇다. 그대를 희생양 삼아 녀석들을 괴멸시켜야겠어.'

이신을 통째로 미끼로 던져주어서 적을 3시에 유인하고 가둬 놓고 전멸시키겠다는 생각.

그렇게 되면 적 병력을 물리치더라도 3대 2가 된다. 하지만 나폴레옹은 해볼 만하다고 생각하는 듯했다.

'알겠습니다.'

어차피 졌다고 생각한 이신은 나폴레옹의 지시대로 따랐다.

결국 이신의 본진까지 들이닥친 적은 닥치는 대로 건물을 파괴하기 시작했다.

병력까지 전부 소진한 이신은 더 이상 저항할 수 있는 수단이 없었다.

그런데 그때, 오자서와 나폴레옹의 병력이 이신의 본진에 당도 했다.

오자서는 본진 출입구에 엔트를 배치해 적이 빠져나오지 못하게 차단.

나폴레옹은 이신의 본진을 포위하듯이 투석기를 배치시켜 놓고, 안에 있는 적을 향해 사방에서 바위를 쐈다.

적을 이신의 본진 안에 가둬놓고 사방에서 두들겨 팬 것이다.

나폴레옹의 절묘한 투석기 배치!

이신의 본진 안에서 바위가 닿지 않는 곳이 없었다.

항우와 조아생 뮈라의 기마군단은 갈팡질팡하다가 몰살당했다.

물론 이신도 모든 건물이 무너져 전멸을 당하고 말았다.

[계약자 이신님의 모든 건물이 파괴되었습니다.]
[계약자 이신님이 전장을 이탈합니다.]

전장을 이탈한 이신은 제삼자가 되어서 싸움을 계속 지켜보았다.

알렉산드로스는 이미 충분히 전과를 거뒀다고 생각했는지 마룡 부대를 후퇴시켰다.

이제 3대 2의 상황이니 시간이 흐를수록 유리하다고 판단한 듯했다.

그런데 그때부터 나폴레옹의 과감한 행보가 시작되었다.

마력석 채집장을 새롭게 구축하고, 병영을 늘려 지어서 석궁병을 대량으로 소환했다.

"마룡 때문에 석궁병을 소환하는 건가요?"

함께 지켜보던 그레모리가 물었다.

"그도 그렇지만 적이 병력을 소진하고 약해진 지금 치고 나갈 생각인 듯합니다. 그래서 값싸게 대량으로 병력을 마련할 수 있는 석궁병을 택한 것이죠."

이신의 생각이 옳았다.

나폴레옹은 곧바로 진격했다.

분해한 투석기를 이끌고서 과감하게 전장의 중앙 지역에 나와 라인을 구성했다.

거기다가 열기구까지 활용했다.

열기구 3척에 각각 석궁병 7명과 노예 1명씩을 태웠다.

열기구는 각기 다른 방면으로 날아갔다.

적 본진 기습인가 싶었지만 그건 아니었다.

열기구 3척은 각 길목에 병력을 내렸다.

내리자마자 하나 딸려 보낸 노예가 화살탑을 지었다.

그렇게 3곳에서 화살탑이 지어지고 석궁병들이 배치.

그러면서 투석기들은 계속 진군하면서 전장의 중앙 지역을 잠식해 들어갔다.

'지나치게 과감한데.'

알렉산드로스 측이 다시 병력을 모아서 돌파를 시도하면 쉽게 뚫릴 터였다.

그런데 그때였다.

[계약자 나폴레옹 보나파르트님께서 고유 능력을 사용합니다. 200마력을 소모합니다.]

[봉쇄시킨 적의 공격력을 10% 약화시킵니다.]

[봉쇄시킨 적에 대한 공격이 10% 상승합니다.]

[봉쇄가 풀릴 때까지 효과가 지속됩니다.]

3곳의 길목에 화살탑을 짓고 병력을 배치한 이유가 비로소 밝혀졌다.

봉쇄!

모든 길목을 끊어버리자 봉쇄 판정이 되어서 효력이 발휘된 것이다.

알렉산드로스, 항우, 조아생 뮈라 세 사람을 한꺼번에 봉쇄시켜 버린 것이다.

'노린 게 저거였나!'

이신은 감탄을 금치 못했다.

굉장히 큰 그림을 그려서 봉쇄 판정을 따냈다.

도합 20%의 효과라면 3대 2의 상황이라 해도 알 수가 없었다.

결정적인 순간에 나폴레옹이 비로소 실력 발휘를 제대로 하기 시작한 것이다.

봉쇄 판정이 걸리자 알렉산드로스 측도 쉬이 싸울 수가 없었다.

나폴레옹이 과감하게 진군하며 중앙 지역을 장악하고 있는데도, 쉬이 맞붙지 못하고 몸을 사리는 모습이었다.

대신 마룡들은 봉쇄 판정을 해제시키기 위하여 길목을 차단하고 있는 화살탑을 노렸다.

그때마다 오자서의 독포자꽃들과 나폴레옹의 석궁병들이 발

빠르게 달려가 지켜냈다.

나폴레옹은 급기야 마룡들의 비행 동선까지도 봉쇄하기 시작했다.

곳곳에 화살탑을 짓고 석궁병을 배치.

마룡들이 활약할 곳이 점차 사라져갔다.

나폴레옹의 봉쇄 전략은 거의 신들린 것 같았다.

　　　　　*　　　　　*　　　　　*

나폴레옹의 원맨쇼였다.

상대로서는 생각지도 못했을 정도로 거대한 봉쇄망을 구축시킨 나폴레옹의 센스.

그러나 화살탑과 석궁병 정도로 각 길목을 차단하여 형성된 봉쇄는 언제든 상대가 병력을 집중시키면 깨부술 수 있었다.

하지만 그때부터 나폴레옹의 진정한 전략적 센스가 발휘되기 시작했다.

오자서와 함께 전장 중앙 지역을 장악하며 한껏 전선을 끌어올린 나폴레옹은 알렉산드로스 측을 턱밑에서 압박하기 시작했다.

다른 곳에 병력을 분산시키면 곧장 심장부를 치겠다는 모션을 취해 상대측의 군사행동에 제한을 걸었다.

그런 식으로 가느다란 실처럼 끊어질 듯 말 듯 봉쇄는 계속 유지되었다.

알렉산드로스로서는 나폴레옹이 만들어 놓은 딜레마에 빠졌다.

공격력 10% 저하.

상대의 공격력 10% 상승.

도합 20%의 마이너스 효과를 짊어진 채로 자웅을 겨룰 수는 없었다. 그 정도 효과면 설령 3대 2의 상태라도 이길 수 있다고 장담하기 힘드니까.

하지만 각 길목을 차단시키고 있는 봉쇄진을 우선 부수자니, 위협적인 거리까지 접근한 나폴레옹의 주력 부대가 두려웠다.

그런 묘한 대치 상태를 만들어낸 나폴레옹은 계속해서 확장과 병력 소환을 했다.

알렉산드로스가 간과한 것은 3대 2의 우위를 너무 믿었다는 것이었다.

마력석 채집장과 병력을 소환하는 건물의 숫자가 같으면 계약자의 머릿수와 상관없이 전력은 비등해진다.

하물며 시간은 후반일수록 강해지는 휴먼의 편.

나폴레옹은 계속해서 느슨하게 펼친 그물망을 서서히 조이기 시작했다.

'대단하다.'

이신은 나폴레옹의 실력에 경이를 느꼈다.

함께 축제를 치르면서 가장 활약한 사람은 이신 자신.

나폴레옹도 이신의 눈부신 활약 앞에서는 조연에 지나지 않았다.

그런데 이 마지막 순간에 비로소 그의 진가가 발휘되기 시작한 것이다.

자연스럽게 흐름을 자신의 것으로 돌려놓는 전략적 수완.

e스포츠에서도 이 같은 경우를 흔히 찾아볼 수 있다.

할 만하다고 생각했는데 시간이 지나고 나니 어느새 게임이 져 있다.

원인도 모른 채 어느새 전황이 달라져 있는 상황.

그런 상황을 만들 줄 아는 선수들이 간혹 있다.

'차이 같은 타입이지.'

박영호도 있다. 막고 또 막아서 결국 승기를 취한다.

최영준도 언급될 만하다. 전투에서 병력 낭비가 심했다고 생각했는데 어느새 병력을 다시 회복해 있다.

하지만 나폴레옹과 가장 비슷한 타입은 차이였다.

참고 참았다가 한 번 병력을 일으켜 움직이면 지도가 바뀐다. 한 번의 진출로 유리한 라인을 긋고 수세에서 우세로 귀신 같이 바꿔놓는다.

'내겐 없는 능력이지.'

이신이 차이를 높게 평가한 이유였다.

이신의 특기는 말도 안 되는 컨트롤 테크닉과 멀티태스킹을 기반으로 한 견제 플레이, 혹은 심리의 허를 찌르는 전략.

하지만 차이처럼 자연스럽게 유리한 상황을 이루어내는 운영 능력은 없었다.

눈에 보이는 뚜렷한 성과를 얻어내는 데 주력하는 이신의 스타일도 장단점이 뚜렷했던 것이다.

"어느새 전황이 이렇게 되어 버렸군."

악마군주 바알이 혀를 차며 감탄했다.

─자주 보던 풍경 아닌가?

악마군주 아가레스는 자기 계약자의 솜씨가 그저 흐뭇하다는 표정이었다.

"흥, 이런 식의 싸움에서 자네들이 언제나 이겼던 것은 아니다."

바알이 날카롭게 대꾸했다.

그 말대로였다.

가만히 앉아서 당하고 있을 리 없는 알렉산드로스였다.

마침내 결단을 내렸는지 움직이기 시작했다.

─간다!

─공격을 시작하는군.

악마군주들이 웅성거렸다.

어쩌면 축제의 마지막을 장식할 수도 있는 전투의 시작이었다.

나폴레옹에게 봉쇄 전략이 있다면, 알렉산드로스에게는 스피디한 기동전이 있었다.

알렉산드로스는 결단과 동시에 이번 전투에서 큰 그림을 그렸다.

제삼자의 시각에서 관전하는 이신은 그걸 알 수 있었다.

'봉쇄를 깨고 그대로 우회해서 배후를 치겠다는 건가.'

동쪽 길목의 화살탑과 채류 병력을 격파해 봉쇄를 깨뜨리고, 그대로 시계방향으로 선회하여 넓은 중앙 지역에서 나폴레옹의 주력을 치겠다는 큰 스케일의 전술이었다.

훌륭했다.

봉쇄를 깨서 효과를 없애고, 유리한 지형으로 빠져나와 일전을 치르겠다는 판단!

빠른 기동성을 활용한 공격적인 행보였다.

같은 타이밍에 나폴레옹도 움직였다.

"나폴레옹도 진격하네요."

그레모리가 말했다.

"적 병력이 우회 돌파하려고 빠져나갔으니, 오히려 정면으로 진군해서 더 숨통을 바짝 조이겠다는 겁니다."

"그럼 결과는 어떻게 될까요?"

"그렇게 되면 알렉산드로스도 쫓아가기보다는 오히려 그 길로 진격해서 나폴레옹과 오자서의 진영을 급습할 겁니다."

알렉산드로스는 성격상 상대의 페이스에 끌려다니는 걸 결코 좋아하지 않았다.

지키기 위해 되돌아가서 나폴레옹이 원하는 좁고 복잡한 길목에서 싸워주기보다는, 그 길로 상대의 빈집을 치는 판단을 할 터였다.

"나폴레옹도 알렉산드로스 측의 본진을 칠 테고, 그리 되면 서로 맞바꾸는 형태가 됩니다."

"그럼 기동력이 좋은 알렉산드로스가 유리한 게 아닌가요?"

"맞습니다."

이신은 고개를 끄덕였다. 그레모리도 하도 서열전을 보다 보니 이제는 제법 전황을 판단할 줄 알게 되었다.

이신의 예상대로 알렉산드로스는 전력을 집중시켜 동쪽의 길목을 차단하고 있던 화살탑을 쳐부쉈다.

석궁병들이 활을 쏘며 저항했지만, 항우와 조아생 뮈라를 선봉에 세우고 공중에서 마룡으로 호응한 엄청난 공격력에 의해 단숨에 분쇄되었다.

[봉쇄가 풀렸습니다.]
[다시 봉쇄가 이루어질 때까지 모든 효과가 사라집니다.]

봉쇄 판정이 풀렸다.

알렉산드로스는 그야말로 폭풍처럼 달렸다.

시계 방향으로 병력이 이동하는 광경은 장관이었다.

흐르는 강물처럼, 대병력을 이끄는 알렉산드로스의 지휘력은 완벽했다.

알렉산드로스는 생각보다 빨리 중앙 지역으로 빠져나왔다.

나폴레옹과 오자서가 북상한 틈에 그 배후에 자리 잡은 것이다.

―좋아, 뒤를 잡았다.

―뒤를 칠 수 있어.

악마군주 아미와 벨리알이 기뻐했다.

이제 주도권은 알렉산드로스에게 넘어왔다.

알렉산드로스는 배후에서 후속 병력을 저지시키며 나폴레옹과 오자서의 주력을 서서히 깎아내릴 수도 있었고, 그대로 남하(南下)하여서 빈집 털이를 할 수도 있었다.

무엇이 됐든 선택권은 이제 알렉산드로스에게 넘어갔다고 생각했다.

다들 그렇게 생각했고, 이신도 얼추 그런 형국을 예상했다.

그런데,

[적을 봉쇄했습니다.]

[봉쇄시킨 적의 공격력을 10% 약화시킵니다.]

[봉쇄시킨 적에 대한 공격이 10% 상승합니다.]

[봉쇄가 풀릴 때까지 효과가 지속됩니다.]

"······!"

이신은 깜짝 놀랐다.

─무슨?

─또다시 봉쇄라고?

봉쇄 판정이 다시 내려지면서 도합 20%의 효과가 적용되었다.

그랬다.

나폴레옹은 그냥 진군만 한 게 아니었다.

주력 병력을 새롭게 전진 배치해서 다른 길목을 차단시킨 것이다.

마치 퍼즐게임과 같았다.

알렉산드로스가 뚫어버린 길목 대신 다른 길목을 막아서 봉쇄 상태를 다시 회복시키는 마술 같은 봉쇄 전략!

이제 다시 봉쇄 효과가 적용된 만큼, 알렉산드로스 측이 결코 유리하다고 볼 수 없어졌다.

알렉산드로스는 당황하는 대신 다시 움직였다.

이번에는 전장의 서쪽을 향해 움직였다.

"서쪽 길목을 차단하고 있는 화살탑을 부수고 봉쇄를 다시 풀
려는 겁니다."

이신이 그레모리에게 전황을 설명해주었다.

"그리고 아까처럼 그 길로 쭉 시계방향으로 북상하면서 나폴
레옹의 주력과 일전을 치를 생각이겠죠."

"넓은 중앙 지역에서 싸우는 게 아니니 이제 알렉산드로스가
전투에서 불리하겠네요."

"예, 그러니 크게 한판 붙기보다는 산발적인 전투로 소모전을
벌일 겁니다. 거리가 더 가까우니 새로 소환된 병력이 충원되는
속도는 알렉산드로스 측이 더 빠릅니다."

하지만 아까보다 더 나폴레옹이 우세해진 건 사실이었다.

진격 한 번으로 다시금 흐름을 더 자기 쪽으로 끌어당긴 것이다.

그런데 나폴레옹의 마술은 거기서 끝나지 않았다.

알렉산드로스가 서쪽 길목을 돌파해 봉쇄를 깨는 순간, 다른
길목을 더 막아서 다시 봉쇄 판정을 회복시킨 것이다!

"정말 대단하네요!"

그레모리가 말도 안 된다는 듯이 소리쳤다.

이신도 전율을 느꼈다.

행보 하나하나가 신의 한 수였다.

이신이 전멸당하고서 3대 2가 된 순간부터, 나폴레옹은 연속

으로 신의 한 수만 두어서 역전을 만들어낸 것이다.

'저렇게도 싸울 수 있는 거였군.'

가장 먼저 전멸당하는 수모를 겪었지만, 그 덕에 제삼자의 시점에서 관전하며 나폴레옹이 국면을 바꿔놓는 마술을 똑똑히 지켜볼 수 있었다.

e스포츠 쪽에서도 게임이 업데이트되면서 더 이상 리플레이로 상대의 시점을 볼 수 없게 되었다.

당연하지만 상대 선수에게 리플레이 파일을 달라고 요구하는 것 또한 터무니없는 실례가 되었다.

즉, 이 같은 고차원적인 국지전을 관찰할 수 있는 천금 같은 기회는 다시는 없을 지도 모른다는 뜻이었다.

공식전 경기라면 제삼자의 관점에서 중계를 해주긴 하지만, 옵서버의 시각에서 보여주기 때문에 전체적인 것을 보여주진 않는다.

"이제 승부는 끝났습니다."

이신은 단언했다.

그의 말대로였다.

나폴레옹의 투석기가 드디어 항우와 알렉산드로스의 본진을 치기 시작한 것이다.

알렉산드로스에게는 더 이상 선택지가 남아 있지 않았다.

알렉산드로스는 병력을 분산해서 여기저기서 산발적인 교전을 펼쳤다.

똑같이 병력을 잃는 소모전을 펼치면서, 최대한 효율 높은 전투를 하려고 애썼다.

봉쇄 효과를 떠안고 있음에도 알렉산드로스는 신속하게 치고 빠지며 최고의 전투력을 보여주었다.

하지만 그야말로 피로스의 승리였다.

싸움에서는 이겼지만 전쟁은 진 활약에 불과했다.

아무리 효율 좋게 싸워도, 그들의 본진은 투석기에게 타격을 받아 건물이 하나둘 사라져가고 있었던 것이다.

"후우……"

악마군주 바알은 타는 속을 다스리며 한숨을 내쉬었다.

체념이 담긴 한숨이었다.

─멋진 대결이었네.

악마군주 아가레스가 손을 내밀었다.

악마군주 바알은 한 번 아가레스를 쏘아보았지만, 이내 손을 맞잡고 악수에 응했다.

"서열 1위의 자리를 지킨 것을 축하한다. 변명의 여지가 없는 우리의 패배였다."

─이쪽도 운이 다소 따라주었음을 부인하지 않겠네.

그리고…

[악마군주 바알의 계약자 알렉산드로스 메가스님이 패배를 선언하셨습니다.]

[악마군주 아미의 계약자 항우님이 패배를 선언하셨습니다.]

[악마군주 벨리알의 계약자 조아생 뮈라님이 패배를 선언

하셨습니다.]

[악마군주 아가레스, 그레모리, 안드로말리우스님의 승리입니다.]

알렉산드로스의 패배가 선언되었다.

3승 1패.

그리고 이와 동시에 축제의 결말을 알리는 안내음이 함께 울려 퍼졌다.

[악마군주 아가레스, 그레모리, 안드로말리우스님께서 72악마군주의 축제의 최종 승자가 되셨습니다.]

[72악마군주의 축제가 종료됩니다.]

아가레스는 흐뭇하게 웃었고, 그레모리는 손뼉을 치며 좋아했다. 안드로말리우스도 환호를 질렀다.

놀라운 활약을 마치고 돌아온 나폴레옹은 이신과 오자서를 끌어안고 마음껏 환호했다.

제13 전장 그레이어스에서 승자들과 패자들의 희비가 엇갈렸다.

수많은 악마군주가 모여 이전투구를 벌였던 장대한 대결은 그렇게 끝이 났다.

제6장

귀환

[240만 마력이 축제의 최종 승자에게 분배됩니다.]

[악마군주 아가레스님께서 80만 마력을 획득했습니다.]

[악마군주 그레모리님께서 80만 마력을 획득했습니다.]

[악마군주 안드로말리우스님께서 80만 마력을 획득했습니다.]

승자들의 축제였다.

어마어마한 마력이 쏟아지자 세 악마군주는 크게 기뻐했다.

그 모습이 꼴도 보기 싫었는지 바알을 비롯한 패자측은 썰물처럼 퇴장해 버렸다.

─오, 그리고 보니 약속을 지켜야지?

80만 마력을 획득해 서열 1위 자리를 공고히 한 악마군주 아가레스가 말했다.

승리에 가장 기여한 계약자와 그 악마군주에게 각각 5만 마력을 선물하기로 했었다.

이는 아가레스 자신의 계약자인 나폴레옹에게도 해당 사항이 되는 약속이었다.

나폴레옹, 오자서, 이신은 저마다 기대된다는 표정으로 아가레스의 판단을 기다렸다.

사실 이들 세 계약자는 72악마군주의 축제에서 최종 승자까지 된 마당에, 굳이 추가 포상에 크게 목을 매는 건 아니었다.

다만 악마군주 아가레스의 판단이 궁금했다.

셋 중에 누가 가장 큰 활약을 했다고 평가하는지를 말이다.

—그대들은 어찌 생각하나?

아가레스는 문득 그레모리와 안드로말리우스에게 물었다.

"저는 악마군주 아가레스님의 판단에 따르겠습니다."

그레모리가 평가를 사양했다. 이는 안드로말리우스도 마찬가지였다.

"모두 잘하여서 한 명을 꼽기가 어렵군요."

두 악마군주도 이익의 당사자이니만큼 평가를 꺼리는 것이었다.

—다들 겸양하는군. 좋다, 그럼 내가 판결하지.

아가레스는 세 계약자를 둘러보며 면밀히 고민했다.

—계약자 오운은 팀의 눈과 귀가 되어서 형세를 판단하고 전략을 내리는 데 필요한 모든 정보를 제공한 데 공이 크지.

"과찬이십니다."

오자서가 고개 숙여 인사했다.

―계약자 이신은 결정적인 순간마다 활약을 펼쳐서 전투를 승리를 이끌었다.

"감사합니다."

이신도 가볍게 인사했다.

칭찬을 매우 당연하게 여기는 경향이 있는 이신도 압도적인 존재감을 발하는 천하의 아가레스 앞에서는 겸양하는 태도를 보일 수밖에 없었다.

―그리고 나의 계약자 나폴레옹은 마지막 대결에서 놀라운 활약상으로 불리한 전황을 뒤집고 승리를 확정 지었지. 과연 내가 선택한 계약자다웠다.

"별말씀을."

나폴레옹은 씨익 웃으며 화답했다.

―어려운 문제로군. 하지만 굳이 한 명을 꼽자면 역시나 자네로군.

아가레스가 가리킨 사람은 바로 이신이었다.

그레모리의 얼굴에 화색이 띠었다.

이윽고 아가레스의 손에서 칠흑의 덩어리가 생성되더니, 두 갈래로 뻗어나가 각각 이신과 그레모리에게 향했다.

[악마군주 그레모리님께서 악마군주 아가레스님으로부터 5만 마력을 받았습니다.]

[마력 총량 145만 9천으로 악마군주 그레모리님께서 서열 23위가 되셨습니다.]

서열 23위!

당초 예상보다 더 높은 서열까지 치고 올라간 그레모리였다.

지난번의 연회 때 가장 크게 활약한 공로로 10만 마력을 추가로 받았고, 방금 아가레스로부터 5만 마력을 더 받은 덕분이었다.

거기에 다들 축제에 참가하느라 5만 마력씩 소모한 것 또한 서열 변동에 적잖은 영향을 끼쳤다.

큰 변화를 맞이한 것은 그레모리뿐만이 아니었다.

[계약자 이신님께서 악마군주 아가레스님으로부터 5만 마력을 받았습니다.]

[악마군주 그레모리님의 계약자 이신님께서 총 61,571마력을 획득하여 상급 악마가 되셨습니다.]

파아아앗!

이신은 밝은 빛에 휩싸였다.

중급에서 상급 악마로 진화한 것이었다.

잠시 후, 빛에서 벗어난 이신은 가만히 자신의 몸을 살폈다.

딱히 어떤 신체적 변화는 없었지만, 무언가가 달라졌다는 느낌이 들었다.

'뭐지?'

이신은 이내 이질감의 정체를 깨달았다.

바로 마력을 감지하는 능력이 더 상승한 것이었다.

특히나 악마군주 아가레스에게서 느껴지는 마력의 존재감이 아까보다 더 거대하게 다가왔다.

'이 정도였구나.'

이신은 긴장감을 느꼈다.

서열 1위의 악마군주가 얼마나 강대한 존재인지 깨닫게 되니, 더욱 대단하게 느껴졌다. 어째서 모든 악마군주가 경외하고 예우하는지 알 것 같았다.

그레모리나 안드로말리우스에게서도 강력한 존재감이 느껴졌다.

축제의 최종 승자가 되어 막대한 마력을 얻은 탓에 더욱 그랬다.

그레모리는 이신과 계약 관계로 엮인 탓에 안정감을 주지만, 안드로말리우스에게서는 중압감이 느껴졌다.

'이제 보니 나폴레옹도 생각보다 더 대단한 자였군.'

나폴레옹도 막대한 마력을 지니고 있었다.

그 모든 것을 더욱 잘 볼 수 있게 되었다.

중급 악마였을 때보다 더욱 말이다.

"축하한다. 상급 악마가 된 기분이 어떠냐?"

나폴레옹이 장난스럽게 물었다.

"썩 좋은 기분은 아니군요."

"하하, 이해하지. 알 필요 없는 불편한 사실을 알게 된 것 같은 기분이겠지."

"딱 그렇습니다."

괜히 마력을 감지하는 감각이 발달하는 바람에 아가레스 같은 악마군주의 진정한 무서움을 어느 정도 엿볼 수 있게 된 것.

서열전에 도움이 되기 때문에 마력을 모을 뿐, 악마로서의 삶에는 일절 관심 없는 이신으로서는 쓸데없는 결과였다.

"아무튼 나도 그대에게 감사를 표하지. 뭐니 뭐니 해도 이신 그대가 없었으면 최종 승자가 되지 못했을 것이다."

이에 오자서도 고개를 끄덕이며 동의했다.

"덕분에 함께하면서 많은 것을 배웠네. 앞으로도 종종 함께 모의전을 하며 교류하세."

"알겠습니다."

"호오, 좋은 생각이긴 하지만 아쉽게도 난 그런 제안을 할 수 없겠군."

나폴레옹이 말했다.

이신이 의아해져서 물었다.

"어째서입니까?"

"이제부터 난 그대를 내 자리를 위협할 잠재적인 경쟁자로 볼 것이기 때문이지."

"아직 1위까지는 멀었지만, 적수로 인정해 주셔서 영광입니다."

"하하, 멀었다고는 하지만 내 생각에는 생각보다 더 빠른 시일 내에 마주칠 지도 모른다는 생각이 드는군. 두렵지만 한편으로는 기대도 돼."

"마찬가지입니다."

이신 역시 나폴레옹과 제대로 실력을 겨룰 날이 기다려졌다.

축제 내내 가장 뛰어난 활약을 떨친 건 명백히 이신!

하지만 마지막 대결에서 보여주었던 나폴레옹의 전략적인 봉
쇄 운영은 이신에게 충격을 가져다 주었다.

일깨워주었다고 해도 무방했다.

이신은 나폴레옹의 운영을 보면서 새로운 영역에 대한 길을
보았다.

프로게이머로서 이신의 스타일은 압도적인 피지컬로 찍어 누
르거나 테크닉 혹은 심리전으로 화려한 승리를 거두는 편이었
다.

하지만 이제는 나폴레옹이 보여준 전략적인 국지전도 제대로
연구하고 싶어졌다.

'이거야말로 가장 큰 성과다.'

이신은 그렇게 생각했다.

계속 승승장구하던 시절에도 정신적으로는 슬럼프를 겪은 적
이 있는 이신이었다.

더 오를 곳이 없었기 때문이었다.

목표로 둘 수 있는 상대가 없고, 더 실력을 향상시킬 여지를
찾지 못했기에 열정을 잃어갔다.

어쩌면 손목 부상을 당한 사고는 이신에게 게임에 대한 열정
과 간절함을 다시 되찾게 해주는 계기가 되었다.

그리고 이제는 새롭게 연구하고 시도하여 실력을 향상시킬 수 있는 여지를 찾은 것에 대하여 이신은 행복을 느꼈다.

'손목이 아니었더라면 내 소원은 이것이었을지도 모르지.'

이신은 그렇게 생각하며 내심 피식 웃었다.

열정.

손목이 멀쩡했더라면, 꺼지지 않는 열정을 달라고 소원을 빌었을지도 모른다는 생각이 문득 들었다.

*　　　　　*　　　　　*

축제는 끝났다.

하지만 그레모리의 영지에서는 새로운 축제가 열렸다.

그레모리의 엄청난 서열 도약을 축하하는 성대한 축제였다.

"최종 승자가 되신 우리의 군주 그레모리님께 영광을!"

"예전과는 비교조차 되지 않는 엄청난 성취를 이루어내셨다!"

"우리의 주인께 영광이 있으라."

이제 23위로 당당히 상위 서열에 이름을 올렸으니, 모든 가치의 중심이 마력인 악마들로서는 무엇보다도 경사였다.

시끌벅적한 악마들의 축제에 이신도 참석했다.

이 모든 것을 이뤄낸 일등공신이니 그레모리의 체면을 봐서라도 당연한 일이었다.

"이게 모두 카이저 덕분이에요. 어떻게 감사를 표하면 좋을까요?"

"저 역시 즐거웠으니 상관없습니다."

이신은 빈말을 하지 않았다.

축제는 이신이 좀처럼 경험해 보지 못했던 3대 3 팀플레이 대결을 원 없이 겪게 해주었다.

혼자만 잘한다고 되는 일이 아니므로, 일대일과는 색다른 승부의 묘미를 맛볼 수 있었다.

수많은 계약자를 만나서 수많은 전략을 보았다.

나폴레옹의 전략성이나 알렉산드로스의 빠른 공세, 발터 모델의 철벽 수비 등등.

그렇게 보고 배운 것들은 이신에게 새로운 열정을 주었다.

"후훗, 정말 카이저는 대단하네요."

문득 그레모리가 말했다.

"무엇이 말입니까?"

"패배하면 페널티를 갖게 되는 건 카이저도 마찬가지잖아요. 그럼에도 즐거운 마음으로 승부에 임할 수 있다는 것이 놀라워요."

"패배가 두렵기 때문에 더 즐거운 거라고 생각합니다."

"호호호, 정말 큰일이네요. 결국 1위가 되어서 더 이상 두려운 적수가 없어지면 카이저는 어쩌죠?"

그레모리는 농담을 하며 웃었다.

이신은 쓴웃음을 지었다.

아직은 먼 이야기였다.

아직 상위 서열에 적수는 수두룩했고, 넘어야 할 산이 많았으니까.

그렇게 축제로 하루를 보낸 뒤에 이신은 현실 세계로 돌아가기로 했다.

"다시 서열전이 시작될 때 다시 뵙겠네요."

"그렇겠죠."

"호호, 카이저를 다시 보기 위해서라도 서열전이 기다려지네요."

그레모리가 차원의 게이트를 열어주었다.

블랙홀처럼 시커먼 게이트로 이신은 기꺼이 걸음을 옮겼다.

그의 신형이 게이트 안으로 빨려 들어갔다.

*　　　　　*　　　　　*

이상한 일이었다.

게이트를 통해 차원을 넘나들 때면 항상 정신을 잃곤 했다.

의식을 잃었다가 깨어나면 현실 세계 혹은 마계로 돌아와 있곤 했다.

그런데 이상하게도 이번에는 의식을 잃지 않았다.

마치 빛조차 흡수되어서 어떤 것도 식별할 수 없는 블랙홀 속을 걷는 기분이었다.

'상급 악마가 된 탓인가?'

그런 의문을 느끼며, 이신은 짙디짙은 어둠 속으로 한 걸음씩 발을 내디뎠다.

당혹스러웠다.

한 번도 체험해 보지 못했던 상황이라 두려움을 느꼈다.

하지만 일단 나아가다 보면 목적지에 도착할 것이라 생각했다.

설마 그레모리가 이상한 곳으로 이어지는 게이트를 열어주었을 리도 없으니 말이다.

그렇게 얼마나 나아갔을까.

시간의 개념조차 이 게이트 속에서는 존재하지 않았다.

오랫동안 걸은 것 같기도, 조금만 걸은 것 같기도 않았다.

아무것도 존재하지 않는 이곳에는 오직 이신의 의식만이 있을 뿐이었다.

하지만 어느 순간 이신은 문득 목적지에 가까워졌음을 느꼈다.

아무것도 보이지도 들리지도 않음에도 이신은 이상하게도 그것을 느낄 수 있었다.

마침내 무언가가 보이기 시작했다.

밝은 빛이 아닌, 빛이지만 빛나지 않는 기이한 회색빛이었다.

회색빛이 비춰지는 곳에 도착했을 때, 이신은 주위를 둘러보았다.

죽음 같은 음산함만이 보이는 회색빛 땅.

그 외에 어떤 것도 존재하지 않는 괴이한 곳이었다.

'여긴 어디지?'

대체 무슨 영문인지 이신은 알 수 없었다.

현실 세계에 도착했어야 했다.

정신을 잃었다가 깨어나면 현실 세계의 잠자리여야 했다.

그런데 이곳은 어디란 말인가.

[두려워 마라.]

머릿속으로 어떤 메시지가 울려 퍼졌다.

서열전에서 자주 보았던 안내음과 같은 메시지였다.

그런데 이번에는 시스템 메시지처럼 사무적인 안내음이 아닌, 누군가가 이신에게 말을 건네는 것 같았다.

＊   ＊   ＊

[잠시 게이트를 비틀어 널 이곳에 불렀다.]

'그렇다면 그레모리가 실수로 날 이곳에 보낸 게 아니로군.'

이신이 그렇게 생각했을 때였다.

[악마군주 그레모리는 이 사실을 모르지. 너도 이 일을 기억하지 못하게 될 것이다.]

이신은 흠칫했다.

상대가 자신의 생각을 멋대로 읽고 답했기 때문이다.

하지만 이내 침착하게 물었다.
"누구십니까?"

[내가 누군지 모르겠나?]

바보 같은 질문이었다.
이신은 고개를 저었다.
"알 것 같습니다."
악마군주 모르게 게이트를 비틀어 계약자를 이공간(異空間)으로 빼돌릴 수 있는 존재가 누구겠는가?
하지만 이신은 상대로부터 대답을 듣지 않아서 다행이라고 느꼈다.
상대가 자신의 존재를 밝히는 순간, 서열 1위의 악마군주 아가레스조차도 감히 견줄 수 없는 엄청난 존재감이 자신을 압살(壓殺)할 것 같은 무시무시한 예감이 엄습했으니까.
여러 가지 복잡한 생각이 들었다.
난생 처음 겪는 경우라 좀처럼 동요하지 않는 이신도 혼란을 느꼈다.
하지만 어떻게든 마음을 정리하려고 애를 썼다.
'일단 정황상 날 해하려고 부른 건 아닐 것이다. 잠시 게이트를 비틀었다고 했으니 곧 돌려보내주겠다는 뜻이겠지.'
이 일을 기억하지 못하게 될 것이라는 말이 마음에 걸렸다.
하지만 안심이 되기도 했다.

이 일을 잊어버리고 평상시처럼 지장 없이 일상생활을 할 수 있으니까.

이신은 부담감을 떨쳐 버리고 대화에 임하기로 했다.

"어째서 저를 이곳에 부르셨습니까?"

[네 소원을 들었기 때문이지.]

"제 소원?"

[영원히 꺼지지 않는 열정을 원하지 않았더냐.]

이신은 잠시 말을 잃었다. 그 말은 사실이었다.

―손목이 아니었더라면 내 소원은 이것이었을지도 모르지.

―결국 1위가 되어서 더 이상 두려운 적수가 없어지면 카이저는 어쩌죠?

이신은 그것을 원했다.

"그 소원을 이루어주실 수 있다는 말씀이십니까?"

[네가 원한다면.]

그렇다고 덜컥 소원을 들어달라고 요구할 수는 없었다.

그 이면에 감춰진 다른 의미가 있을 지도 모르기 때문이다.

[이 세상에 영원불변한 것은 없는 법. 허나 영원히 식지 않는 열정을 가질 수 있는 길이 딱 하나 있지.]

"그게 무엇입니까?"

[네가 악마군주가 되는 것.]

"…뭐라고?"

[지금껏 수많은 계약자가 있었지만, 넌 그중 가장 탁월한 자질을 지녔지. 하물며 그레모리와의 계약 또한 영원하지 않지.]

"악마군주가 되는 것과 영원한 열정이 무슨 상관이 있는 겁니까?"

[영원히 변치 않는 열망을 지니는 것이지.]

만족을 모르는 악마군주들. 마력을 향한 끝없는 욕망.
이신에게 그런 존재가 되라고 제안하는 것이었다.
이신은 고개를 저었다.
"전 그것을 원치 않습니다. 아직 전 열정을 잃지 않았습니다. 하고 싶은 것이 많고 새롭게 제 자신을 발전시키려는 향상심이 있습니다."

[안다. 아직은 때가 아닐 터.]

음성이 계속 말을 이었다.

[하지만 현실과 마계에 한 발씩 걸친 존재여. 현실에서도 마계에서도 더 이상 오를 곳이 없었을 때, 그때도 과연 너는 지금과 같은 생각을 할 수 있을까?]

"······"

[넌 오늘의 기억을 잊으리라. 하지만 그날 다시 이곳에 왔을 때, 기억은 되살아날 것이고 다시 이 질문 앞에 서리라.]

그 직후, 이신은 다시 블랙홀 속으로 전신이 빨려 들어가는 기분을 느꼈다.

의식을 잃어가면서 마지막으로 음성이 머릿속에 들어와 박혔다.

[넌 다시 이 질문 앞에 서리라.]

*   *   *

"……!"

이신은 벌떡 일어났다.

온몸이 식은땀으로 젖어 있었다.

그럼에도 찝찝함보다는 머릿속에 맴도는 알 수 없는 두려움에 당혹감을 느꼈다.

주위를 둘러보니 월드 SC 그랑프리 때문에 묵고 있는 뉴욕의 호텔.

늘 그랬듯 마계에서 현실 세계로 돌아오면서 잠들었다 깨어난 것이다.

'악몽이라도 꾸었나?'

몸에 남아 있는 두려움이 이신을 의아하게 만들었다.

안 좋은 꿈이라도 꾼 기분인데, 아무것도 기억나지 않았다.

하기야 어떤 꿈이었는지 기억나지 않은 경우는 종종 있는 일.

이신은 반지에 마력을 불어넣어 치유와 안정의 기운을 몸속에 흘러 보냈다.

몸에 남아 있던 안 좋은 감정들이 씻은 듯이 사라졌다.

그제야 몸이 가뿐해졌다.

'그랑프리 준비를 해야지.'

게임 쪽으로 생각이 가자 금세 악몽에 대한 찝찝한 감정 따위는 사라져 버린 이신이었다.

거실로 나와 보니 박영호가 끙끙 앓는 모습이 보였다.

거실 테이블에는 박영호가 늘 들고 다니는 특유의 17인치짜리 초대형 노트북이 있었고, 스페이스 크래프트가 일시 중지된 상태.

"아 진짜 미치겠네."

박영호는 분해시킨 마우스를 붙잡고 안간 힘을 쓰며 고쳐보려고 애썼다.

옆에는 SC스타즈의 선수 매니저가 함께 고민하는 기색이었는데, 말이 안 통해서 제대로 소통이 이루어지지 않고 있었다.

"뭐해?"

거실로 나온 이신이 물었다.

"형! 내 마우스 고장 났음!"

그 와중에도 괴상한 말투를 구사하는 박영호.

"여분으로 더 안 가져왔어?"

"하나 더 가져온 것도 불량이야!"

이신은 황당함을 느꼈다.

쓰던 게 고장 나고, 혹시 몰라 가져온 여분의 마우스도 포장을 뜯어보니 불량품이었단다.

뭐 그런 막장 마우스 브랜드가 있는지 궁금해졌다.

"대체 어디 마우스야?"

"말해줘도 모를걸? 예전에 망했던 중소 노트북 제조사인데."

이신은 테이블에 분해되어 있는 마우스를 살펴보았다.

표기된 상표를 보니 정말로 전혀 알 수 없는 브랜드였다.

장비에 민감한 프로게이머인 탓에 웬만한 PC 주변 기기 제조사는 거의 다 알고 있었지만, 그런 이신도 생전 듣도 보도 못한 제조사였다.

"이런 마우스는 왜 써?"

"나 어릴 때부터 썼던 거야."

"어릴 때?"

"친척이 안 쓰는 컴퓨터랑 노트북 사고 부록으로 딸려온 미니 마우스랑 같이 줬거든."

그러고 보니 마우스가 유난히 작았다.

프로게이머들은 마우스 조작법에 따라 선호하는 제품도 나뉜다.

첫째로 팜그립(Palm grip).

가장 보편적인 형태로, 손바닥을 마우스에 얹어 사용하는 가장 안정적인 조작법이다.

둘째는 클로그립(Claw grip).

팜그립과 비슷하게 손바닥이 마우스 표면에 밀착되지만, 엄지와 소지를 세워 마우스의 양 측면을 붙잡고 움직인다.

셋째는 핑거그립(Finger grip).

손바닥이 마우스 표면에 닿지 않는다.

오직 손가락만으로 마우스를 잡고, 손가락과 손목의 스냅만으로 움직이는 조작법이었다.

정교한 조작과 빠른 반응에 용이한 기법으로, 마이크로 컨트롤에 능한 선수들은 대개 이 타입이었다.

이신은 물론이고, 박영호도 바로 이 핑거그립 타입이었다. 작은 마우스에 적응하여 자연스럽게 핑거그립이 되었으리라.

하지만 박영호의 마우스는 휴대용 노트북에 부록으로 함께 딸려 있던, 작달막한 휴대형 마우스였다.

무명의 중소 제조사의 것이니 당연히 품질도 안 좋았다.

집안이 가난했던 박영호는 그 마우스를 쓸 수밖에 없었던 것이다.

그리고 프로게이머가 되고서는 수소문하여서 간신히 같은 마우스를 몇 개 더 손에 넣을 수 있었다고 한다.

그런데 이제 그것들이 전부 다 고장 난 것이다.

"아 이제 구할 수도 없는 건데!"

머리를 싸쥐고 괴로워하는 박영호.

월드 SC 그랑프리라는 중요한 대회 중에 전용 마우스가 전부 고장 난 사태!

"제조사에 전화해 봤어?"

"안 해봤겠냐? 그 아저씨 대전에서 치킨 집 하고 있어!"

"……."

이신은 황당함을 느꼈다.

노트북 제조사 사장이 이제 치킨 집 사장이 되었단다. 그것까지 알아낸 박영호가 더 대단해 보였다.

"대전까지 찾아왔다니까 아저씨가 좋아하면서 집안 창고 뒤져서 몇 개 찾아줬거든. 대신 난 치킨 집에 내 사진이랑 사인 걸어도 된다고 허락해 줬고. 그렇게 얻은 걸로 지금까지 프로 생활 잘해왔는데……."

제조사가 망하고 사장은 지금 치킨 집을 운영하니 말 다한 셈이었다.

"난 틀렸어. 망했음! 마우스가 없어서 선수 생활도 끝장났어.

선수 생활 접으면 이제 나도 치킨 집을 하겠지. 이왕이면 예쁜 여자 많은 대구 가서 해야지……."

박영호는 궁상을 떨며 점점 절망의 늪에 빠져들고 있었다.

치킨 집 창업으로 상상의 나래를 펴는 그를 뒤로 하고, 이신 은 매니저에게 중국어로 물었다.

"다른 방법 없습니까?"

매니저는 난색을 표했다.

"저희 팀은 스폰서 업체가 제공하는 기기를 사용합니다. 선수 들이 제작에 참여한 전문 제품인데, 몇몇 선수 외엔 다 그걸 쓰 죠. 그런데 러너 선수는 그 마우스가 마음에 안 드는 모양입니 다."

그러고 보니 다른 마우스도 보였다.

그걸 본 이신은 고개를 끄덕였다.

"본래 쓰던 것보다 더 크군요."

"어떻게 수소문해서 비슷한 마우스를 찾거나 수리를 해보겠습 니다만, 당장은 그랑프리 때문에 시간이 없으니……."

이신은 곰곰이 생각해본 끝에 박영호에게 말했다.

"내 건 써봤어?"

박영호는 여전히 머리를 싸쥔 포즈 그대로 머리만 끄덕거렸 다.

"응, 형 가방에 여분 많기에 하나 째벼서 써봤어. 그것도 안 맞 더라."

허락도 없이 훔쳐 썼다는 말에 살짝 울컥했지만, 이신은 화내는 대신 한숨을 쉬었다.

"아, 진짜 가난이 죄지, 죄야. 이젠 같은 마우스가 있다면 천만 원이라도 주고 살 수 있는데……"

이제는 성공한 프로게이머로, 가난과 거리가 먼 박영호.

그러나 가난하던 어린 시절부터 쓴 마우스에 손이 익어서 다른 것을 쓸 수 없게 되었다.

"나가자."

이신이 박영호의 등을 쳤다.

"응? 어딜?"

"마우스 사러."

"쇼핑! 나 쇼핑 데려가는 거임?"

박영호가 고개를 쳐들고 반색을 했다.

"어떻게든 손에 맞는 마우스 찾아봐야지. 이 큰 뉴욕에 네 손에 맞는 마우스 하나 없겠어?"

"오키오키, 냉큼 준비하겠음!"

이신의 제안에 박영호는 절망에서 벗어나 화색을 띠었다. 도리어 뉴욕 시내 관광을 하게 되어서 좋은 모양이었다.

호텔 데스크 직원에게 물어서 전자 제품 전문 매장을 알아내 택시를 타고 갔다.

맨해튼 미드타운에 위치한 큰 규모의 전자 제품 매장에 도착했다.

박영호는 신세계에 온 것처럼 눈을 휘둥그렇게 뜨고는 여기저기 바쁘게 쏘다니기 시작했다.

이신은 박영호에게 끌려 다니며, 박영호의 헛소리를 순화시켜서 직원에게 통역하느라 진땀을 뺐다.

"여기 관광하러 온 거 아닌 건 알지?"

"에이, 알지. 우린 최신 VR 기기를 보러 온 거잖아."

"…뭐?"

"가자! 나 저거 보고 싶어!"

이신은 최신 VR 기기 체험관으로 가려는 박영호의 뒷덜미를 붙잡았다.

"뉴욕 한복판에서 미아로 만들어 줄까?"

"에이 형, 나 기분 전환 좀 시켜주셈. 나 오늘 완전 패닉이었는데 불쌍하지도 않음?"

"어."

"……."

"따라와."

이신은 박영호를 붙들고 PC 코너로 향했다.

마우스가 진열된 곳에 도착하자, 박영호도 장난기를 지우고 진지하게 하나씩 살펴보기 시작했다.

"카이저?"

"맙소사, 카이저다!"

"게임의 신이 왔어!"

"같이 있는 작은 남자는 러너 같은데?"

전자 제품 매장이라 그런지 이신을 알아보는 사람들이 많았다.

그들은 이신에게 다가와 사인과 사진을 요청하기 시작했다.

이신이 그들을 상대하는 사이에 박영호는 마우스를 유심히
살폈다.

*   *   *

"너 뭐해?"

팬들을 적당히 상대해 주고 돌아온 이신이 물었다.

"사이즈는 비슷해 보이는데 직접 써보지 않으면 모르겠네. 한
번 직원한테 뜯어봐도 되냐고 물어볼까?"

"다 사."

"잉?"

깜짝 놀란 박영호.

이신은 단호하게 말했다.

"그럴 듯한 건 일단 모조리 사. 시간이 그렇게 많아?"

"그럼 못 쓰는 건……."

"버려."

박영호는 존경 가득한 이신을 보았다.

"역시 은수저! 난 가난하게 자라서 그런 생각을 못했어."

박영호는 시키는 대로 고민하고 있던 마우스를 전부 다 사버
렸다.

가까운 카페에서 17인치짜리 노트북을 꺼내 스페이스 크래프
트를 실행시켰다.

그리고 마우스를 하나씩 뜯어 사용해보기 시작했다.

"이건 아냐."

박영호는 게임 시작 후 일꾼을 나누자마자 마우스 하나를 버렸다.

"이것도 좀 아니다. 너무 커."

버리는 마우스는 봉투에 차곡차곡 쌓였다.

카페에서 엄청난 손놀림으로 게임을 하는 박영호의 모습은 금세 눈에 띄었다.

결국 모든 마우스를 써본 박영호가 고개를 저었다.

"이것들 쓸 바에는 차라리 형 게 나은 것 같아."

"그럼 전부 버려."

두 사람은 다른 전자 제품 매장을 검색해서 찾아갔다.

그렇게 마우스를 찾아 배회하는 두 사람의 소식은 만난 팬들을 통해 SNS에 퍼져 나갔다.

그리고…….

─선생님! 뉴욕 관광은 잘하고 계세요?

"관광은 무슨. 어쩐 일이야?"

─선생님 사진이 SNS에 올라와 있기에 생각나서 전화했어요. 그런데 갑자기 웬 마우스 쇼핑이에요? 박영호 선수랑 카페에서 게임하면서 마우스를 이것저것 사용하고 계시던데, 혹시 장비에 문제라고 있으신…….

재잘재잘 쉴 새 없이 떠드는 주디.

이신은 사정을 대략적으로 설명해 주었다.

─아, 그것 참 곤란하게 됐네요. 어쩔 수 없으니까 이 기회에

새 마우스에 적응해야 하지 않을까요? 요즘 프로게이머를 위해 제작된 신제품이 굉장히 많던데.

"그러게."

―그러고 보니 선생님은 괜찮나요? 선생님이 쓰시는 마우스도 이제 단종됐던데요.

"단종?"

―네, FIRES사가 선생님 덕분에 인지도가 좀 생기니까 M90을 단종시키고 신제품을 냈는데 써보니까 별로였어요.

FIRES M90.

이신이 쓰는 한화로 32만 원짜리 명품 미니 옵티컬 마우스였다.

FIRES사는 취미삼아 커스텀 마우스를 제작하고 개조하길 즐기던 미국의 어느 마니아가 차린 작은 회사였다.

그 마니아 사장이 이신 덕에 인기를 얻자 무리수를 둔 모양이었다.

―그 사장은 자기가 무슨 예술가인줄 아는 모양이에요. 잘 팔리는 걸 계속 만들어야지 왜 새로운 시도를 하는지 모르겠어요. 확 인수해 버리고 M90만 만들게 할까요? 존과 차이도 찬성하던데요.

"…인수?"

그랬다.

이것이 은수저인 이신을 능가하는 금수저들의 스케일이었다.

제자들도 이신과 같은 기기를 쓰기 때문에 그런 발상을 한 것이다.

"됐어, 단종될 것에 대비해서 평생 쓸 만큼 쌓아놨으니까. 너희도 부족해지면 창고에서 하나씩 꺼내 써."

—네~!

택시를 타고 이동하는 중에 이신은 주디와 계속 전화 통화를 했다.

그 모습을 옆에서 박영호가 아니꼽다는 표정으로 빤히 쳐다보고 있었다.

—조만간 뉴욕으로 응원하러 놀러갈게요.

"어."

통화를 마친 이신은 무척 심기가 불편해 보이는 박영호와 눈이 마주쳤다.

"뭘 꼬나 봐?"

"형, 지금이 여자와 시시덕거리고 있을 때임?"

"그럼?"

"내 선수 생명이 걸려 있는 판국에 지는 팔자 좋다 이거지?!"

"오버하지 말고 넌 그냥 이참에 구하기 쉬운 새 마우스에 적응해."

"하긴. 그래, 이 참에 가난했던 과거의 잔재를 청산해야겠어."

박영호는 의욕 가득한 마음으로 새로운 전자 제품 매장에 도착했다.

그곳에서도 같은 일이 벌어졌다.

이거다 싶은 마우스는 닥치는 대로 구입해서 카페에서 모두 뜯어 테스트해 보았다.

하지만 박영호는 평소 성품과 다르게 의외로 예민해서 어떤 것도 마음에 들지 않아 했다.

그런데 바로 그때였다.

"응?"

박영호는 문득 한 곳에 비치된 마우스를 발견했다.

그것은 유명한 애니메이션 영화 얼음 왕국의 캐릭터가 그려진 앙증맞은 마우스였다.

어딜 봐도 어린아이들을 위해 만들어진 마우스로, 그 인근에는 전자손목시계와 마우스패드 등 얼음 왕국의 캐릭터 상품이 많이 있었다.

"에, 엘리사?"

얼음 왕국 주인공 엘리사가 그려진 앙증맞은 마우스를 집어 든 박영호.

그런 그의 목소리가 점점 떨리기 시작했다.

"아직 장난칠 여유가 있는 모양이지?"

이신이 차가운 목소리로 핀잔을 주었다.

성격에 안 맞게 계속 뉴욕 시내를 누비고 통역을 하느라 스트레스가 많이 쌓인 이신이었다.

"형, 이거 농담 아님. 이거 그립감이 꽤 훌륭해!"

"미친 거 아니냐?"

워낙에 인기가 많았던 만화 영화라, 얼음 왕국 상품 코너는 어린아이를 데려온 가족들로 붐볐다.

그 틈바구니에 껴서, 다 큰 어른에 프로게이머가 엘리사 마우스를 만지작거리며 감탄을 늘어놓고 있는 것이었다.

"엄마, 저 오빠도 엘리사 좋아하나 봐."

"그, 그래, 누가 엘리사를 싫어하겠니?"

"나도 엘리사 마우스 갖고 싶어!"

주변의 대화를 통역 반지를 통해 알아들은 이신은 박영호가 더더욱 한심해지기 시작했다.

'대체 농담인지 진담인지 분간이 안 가는군.'

이신이 유독 박영호에게 자주 짜증을 느끼는 이유 중 하나였다.

그런데 이번에는 농담이 아니었는지, 정말로 엘리사 마우스를 하나 사서 가까운 카페에서 테스트해 보았다.

마우스를 클릭할 때마다 딸깍거리는 소음이 요란했다.

"와, 이 살짝 저렴한 느낌!"

박영호는 신이 났다.

어린애들 손에 맞춘 작은 마우스를 핑거그립으로 완벽하게 조작.

마우스 설정에서 감도를 조절한 후에 시작된 게임은 아주 스무스하게 흘러갔다.

바퀴들을 컨트롤해 공격을 들어온 광신도들을 에워싸서 전멸시키는 컨트롤!

"가자 엘리사!"

박영호는 기세 좋게 밀고 들어가 신족 인공지능을 박살 냈다.

굉장히 깔끔한 컨트롤이었다.

"어때?"

이신이 물었다.

"이거 딱 좋아. 원래 쓰던 것보다 더 좋은 것 같아."

"진심이야?"

"내가 장난하는 것 봤음?"

"……"

할 말이 많았지만, 본인이 만족스러워하니 이신은 그냥 넘어가기로 했다.

박영호는 엘리사 마우스를 12개나 구매했다.

심지어 얼음 왕국 캐릭터 상품을 갖가지로 구매하기 시작했다.

돌아가는 길에 택시에서 찍은 두 사람의 손목시계 비교 사진은 SNS에서 큰 인기를 끌었다.

6천만 원 상당을 호가하는 이신의 바쉐론 콘스탄틴.

그리고 박영호의 손목에 채워진 얼음 왕국 전자 손목시계가 당당히 이에 맞서고 있었다.

—ㅋㅋㅋㅋㅋㅋㅋ

—박영호 미친 것 같아ㅋㅋ

—한눈에 보이는 가격 차이 보소ㅋㅋㅋ

—캬, 이신 클래스!

—바쉐론 콘스탄틴의 품격을 넘보는 엘리사 시계!

─연습은 안 하냐ㅋㅋ 관광만 하고 있어.

─박영호님, 개인방송 좀 해주세요.

그렇게 호텔로 돌아왔을 때, 매니저가 반갑게 맞이했다.

"이걸 보시죠. 고쳤습니다!"

"…예?"

매니저는 자랑스럽게 고쳐진 박영호의 마우스를 내밀었다.

"고쳤다고요?"

"예, 매니저 중에 이런 걸 잘 만지는 사람이 있어서요."

이신은 그 사실을 박영호에게 통역해 주었다.

그러나 박영호는 손을 휘휘 저었다.

"이제 괜찮다고 전해줘. 나에게는 엘리사가 있으니까."

이신은 그대로 통역해 주었고, 얼음 왕국 엘리사가 떡하니 그려진 앙증맞은 마우스를 본 매니저는 웃다가 아연실색했다.

평소처럼 개그인 줄 알고 웃었는데, 봉투에 든 12개의 엘리사 마우스 박스를 보자 진심임을 알아챈 것.

"자, 이제 연습이나 해야지! 형, 가자. 내가 엘리사 괴물의 파워를 보여줄게."

"……."

그렇게 시작된 연습게임은 완벽한 박영호의 페이스였다.

72악마군주의 축제 때문에 오랫동안 게임을 못한 이신.

감이 잘 안 돌아오는 와중에, 박영호는 엘리사 마우스를 폭풍 클릭하며 미친 듯한 난전을 걸어오는 것이었다.

"크하하, 가자 엘리사!"

이어폰을 꽂고 있음에도 옆에서 지껄이는 박영호의 헛소리가 고막에 들어와 박혔다.

'저딴 마우스를 쓰는 놈에게 밀리다니.'

이신은 자존심이 상했다.

이신은 이윽고 후반 병영 체제로 난전에 맞불을 놓았다.

항공수송선을 뽑아서 여기저기 드롭 공습.

기갑정거장에서는 기동포탑 대신 고속전차를 생산해 빠르게 치고 다니며 맵 곳곳에 지뢰를 깔았다.

누가 더 빠르고 난전에 강한지 한번 붙어보자는 태세였다.

밀리고 있어 기갑체제로 전환하기 어려운 현황도 한몫했지만 말이다.

—펑, 펑, 펑!

전투가 벌어지는 곳마다 흑안개가 칼 같은 타이밍으로 펼쳐졌다.

괴물주술사로 흑안개 펼치고 피의 저주를 뿌리며 박영호는 종 횡무진했다.

바퀴와 촉수충이 소규모 부대로 분산된 채 사방을 기습했다.

계속되는 산발적인 교전으로 이신의 손을 바쁘게 만드는 한 편, 폭탄충으로 피 같이 귀중한 전술위성을 격추시켜 나간다.

난전 속에서 정신없이 싸우다 보니 잃었던 감이 서서히 돌아오기 시작한 이신.

그러나 박영호의 기세는 걷잡을 수 없었다.

"세상에, 컨디션이 굉장히 좋군요."

전략 연구원의 말에 함께 지켜보던 왕춘 감독도 고개를 끄덕였다.

"마우스 문제로 컨디션이 안 좋다고 들었는데 괜한 우려였군."

"어떻게 저런 마우스로……."

매니저는 믿을 수 없다는 듯이 중얼거렸다.

엘리사가 떡하니 그려진 마우스는 박영호의 손에 잡히자 불꽃처럼 클릭음을 토했다.

엄청난 멀티태스킹과 피지컬이 요구되는 상황 속에서도 박영호는 노래를 흥얼거렸다. 잘 들어보니 멜로디가 얼음 왕국의 주제곡이었다.

"저렇게 싸우는데도 여유가 있다고?"

"나, 나도 저 마우스 하나만 빌려달라고 할까?"

SC스타즈 선수들마저도 박영호의 경기력에 감탄을 금치 못했다.

연습게임은 결국 박영호의 승리.

오랜만에 한 게임이라 기진맥진한 이신은 쉬면서 전략 연구원과 함께 리플레이를 복기했다.

"항공수송선으로 드롭을 시도한 타이밍 자체는 좋지만, 침투 루트를 읽힌 게 문제입니다. 러너의 플레이를 보면, 한 번 침투 당했던 동선에는 반드시 폭탄충 2마리를 배치했죠."

이신은 고개를 끄덕였다.

병력을 실었던 항공수송선을 기다리고 있었던 폭탄충에게 여러 번 격추당한 것이 패배의 가장 큰 요인이었다.

제대로 몇 차례 더 드롭을 해 흔들었어도 승부는 어찌 될지 몰랐으리라.

"계속 다른 루트로 침투했어야 했는데 좀 안일했습니다."

"컨트롤 자체는 좋았는데 이신 선수가 심리적으로 여유가 좀 없었다고 생각됩니다. 혹시 오늘 컨디션이 별로 안 좋았나요?"

연구원은 정확히 지적했다.

오랜만에 게임을 해서 짧은 순간에 복잡한 생각을 하기가 어려웠다. 때문에 박영호에게 패턴을 읽혀서 계속해서 격파 당했다.

"좀 안 좋습니다."

"큰일이군요."

SC스타즈는 오히려 박영호는 펄펄 날아다니는데 이신이 좋아 보이지 않자 우려하기 시작했다.

'이제 내가 문제군.'

이신은 밤을 새워서라도 감각을 완전히 회복하겠다고 결심했다.

제7장

슬럼프

이신은 박영호와 SC스타즈의 에이스인 지우펑과 함께 맹렬히 연습을 했다.

워낙에 오래 게임을 손 놓고 있었던 탓에 승률은 5할을 넘지 못했다.

박영호나 지우펑이나 톱클래스였기 때문에 오래 쉬었다가 바로 복귀해서 꺾을 수 있는 상대가 아닌 것.

종종 주디를 온라인상에서 불러놓고 인류 대 인류전도 연습했다.

그 짧은 사이에 주디의 발전도 놀라웠다.

주디는 로켓 프리깃 컨트롤이라는 새로운 무기를 가지고 나타났다.

연습을 꽤 많이 했는지, 깜짝 스텔스 전투기로 변수를 주려 했던 이신을 로켓 프리깃으로 맞서 제공권을 지켰다.

아슬아슬한 사정거리에 걸쳐 터닝 샷을 펼치는 컨트롤이 예사롭지 않아서, 이신의 스텔스 전투기가 활약할 여지가 제한됐다.

그렇게 주디에게 충격의 1패를 당한 이신에게 주디가 신이 나서 채팅을 쳤다.

—iLoveSin: 저 잘했죠?

—iLoveSin: ^^

—Player_SIN: 어. 로켓 프리깃 잘 쓰네?

—iLoveSin: 괴물 전에 대비해서 연습했는데, 인류 대 인류전에서도 쓰기 좋더라고요.

—Player_SIN: 좋네.

—iLoveSin: 선생님 이겼으니까 이제 저도 SC스타즈가 탐낼 만하죠?^^

—Player_SIN: 다음 판 가자.

—iLoveSin: 네ㅎㅎ

계속된 연습게임.

주디는 계속 탄탄한 디펜스를 보이며 이신의 견제 플레이를 모두 막았다.

오히려 이신이 견제를 시도하기를 기다렸다가, 침투한 병력을 잡아 이득을 챙기는 모습도 여러 번 연출했다.

전혀 통하지 않는 견제.

'이거 큰일이군.'

축제 기간이 워낙 길어 생각보다 감각이 잘 돌아오지 않았다.

멀티태스킹도 컨트롤도 그대로지만, 심리적인 부분이 문제.

'경험에 의존한 습관적인 플레이만 했다.'

이신은 스스로의 문제를 자각했다.

상대의 심리를 예측하고 허를 찌르는 평소의 견제 플레이를 못했다.

예전처럼 2중 3중으로 덫을 친 견제 플레이가 잘 나오지 않았다.

게임을 하는 내내 복잡한 설계를 할 수 있는 정신적인 여유가 없었던 까닭.

'생각보다 감을 되찾기까지 오래 걸리겠는데.'

─iLoveSin: 선생님, 컨디션 안 좋으세요?

주디도 알아챘는지 그렇게 물었다.

─Player_SIN: 그런 것 같아.
─iLoveSin: 그럼 무리하지 마시고 좀 쉬시는 건 어때요?

'너무 쉬어서 문제다.'

하지만 주디의 말도 맞는 것이, 이대로라면 아무리 붙잡고 있어도 안 될 것 같았다.

'하는 수 없지.'

이신은 특단의 조치를 취하기로 했다.

—Player_SIN: 더 하자.

—iLoveSin: 똑같은 맵에서요?

—Player_SIN: 어. 난 신족으로 할게.

—iLoveSin: 신족으로요?

—Player_SIN: 차라리 그게 나을 것 같아.

멀티태스킹과 컨트롤 센스는 여전히 살아 있는 상황.

그러면 차라리 신족을 하는 게 낫겠다는 생각이 든 이신이었다.

신족은 컨트롤의 난이도가 높지만, 그것만 잘 되면 차라리 인류보다 낫다고 이신은 생각했다.

그렇게 다시 시작된 연습 게임에서 이신은 주디를 압도하기 시작했다.

정면 승부.

이신은 지상군 병력과 함께 수송기 2기를 운용하며 전투를 펼쳤다.

한 수송기는 철갑충차를 내렸다가 태웠다가를 반복하며 충격탄을 쐈고, 다른 수송기는 광신도들을 기동포탑 머리 위에 1명씩

투하했다.

현란한 컨트롤에 주디의 디펜스가 속절없이 무너졌다.

그러면서 이신은 수송기를 1기 더 운용해서 주디의 본진까지 견제하는 멀티태스킹을 펼쳤다.

수송기를 3기나 각기 따로 운용하는 엄청난 개인기!

—iLoveSin: 와…….

주디도 감탄을 금치 못했다.

이신도 본인의 플레이에 그럭저럭 만족했다.

'당분간은 이걸로 급한 불을 거야겠군.'

근본적인 문제는 해결되지 않은 미봉책.

하지만 미봉책치고는 스케일이 남달랐다.

"갑자기 웬 신족임?"

밥 먹고 돌아온 박영호가 물었다.

"당분간은 이걸로 하려고."

"슬럼프라며?"

"그래서 신족하는 거야."

"슬럼프라서 서브 종족을 한다고?"

박영호는 황당하다는 표정이 되었다.

"됐고, 왔으면 연습이나 해. 5판 3선."

"오키."

박영호는 자리에 앉아 게임에 접속했다.

그렇게 시작된 연습에서 이신은 마찬가지로 신족을 골랐다.

"괴물을 상대로 신족을 쓰겠다니, 슬럼프도 참 희한하게 오네. 가자, 엘리사!"

박영호는 또다시 얼음 왕국 주제가를 흥얼거리기 시작했다.

하지만 흥얼거림은 곧 멎어버렸다.

초반부터 광신도 하나가 기습적으로 들어왔다.

광신도가 사정거리 2칸을 활용한 정교한 무빙으로 바퀴를 4마리나 잡은 것이다.

2번째 확장 기지에도 광신도가 1명이 나타나 덮쳤다.

끝내기보다는 박영호에게 자원적 손해를 입히기 위한 견제 플레이였다.

박영호는 이를 막기 위해 바퀴를 생산할 수밖에 없었고, 이신이 놀라운 컨트롤로 생각보다 더 많은 바퀴를 죽이자, 또다시 자원을 소모해서 추가 생산할 수밖에 없었다.

부유할수록 강해지는 괴물.

그런 괴물을 지속적인 견제로 가난하게 만들지 않으면 이길 수가 없는 신족.

이신은 이 명제를 아주 잘 지키고 있었다.

광신도를 컨트롤해 주면서도 본진에서는 계속 테크 트리가 안정적으로 올라가며 깔끔한 운영을 해내는 멀티태스킹.

광신도 다음은 사략기.

신족의 비행 유닛 사략기가 견제 플레이의 배턴을 이어받았다.

하늘군주를 1마리 사냥.

그러면서 본진과 확장 기지를 정찰하며 상대 체제 파악.

폭탄충 2마리가 나타나 쫓아오자 도주.

끊임없이 정찰과 견제를 해야 하면서도, 사략기를 잃어서는 안 된다.

그런 고난도의 미션을 수행해야 하는 것이 괴물을 상대하는 신족의 비애였다.

하지만 이신은 바짝 쫓아오는 폭탄충 2마리에게 자폭당하지 않기 위해 사략기를 현란하게 운전했다.

반대편에서도 폭탄충이 나타나자 직각으로 방향을 꺾으며 따돌리는 컨트롤!

그러면서도 해야 할 운영은 태연하게 해내는 멀티태스킹.

사략기가 점점 쌓여갔다.

박영호는 폭탄충을 다수 동원해 사략기의 활약을 막았지만, 이신의 사략기 편대는 얄밉게 비행하며 여기저기서 나타나 신경에 거슬리게 만들었다.

"잘도 귀찮게 해주는군요."

"허, 저렇게 보면 또 컨디션이 좋은 것 같은데?"

연구원과 왕춘 감독이 희한하다는 듯이 대화를 주고받았다.

왕춘 감독은 저렇게 컨트롤과 멀티태스킹이 탁월한 신족 플레이어를 본 일이 드물었다.

그건 다른 선수들도 마찬가지였다.

'저게 슬럼프라고?'

'미친 거 아닌가?'

'보통 슬럼프에 빠지면 메인 종족보다 서브 종족을 더 잘하게 되나?'

거의 곡예 수준을 펼치면서 이신은 마침내 목적을 달성했다.

사략기와 함께 광신도를 모은 것이다.

공격력 1 업그레이드도 되었고, 스피드 업그레이드도 완료됐다.

이신은 사략기와 광신도의 조합으로 공격을 개시했다.

수송기까지 1기 뽑아서 광신도 4명을 태웠다.

이신의 군대가 박영호의 앞마당을 덮쳤다.

박영호의 앞마당은 심시티가 잘 구축되어 있어서 광신도가 통과하기 어려웠다.

철벽괴물다운 심시티.

하지만 그럴 줄 알고 준비한 게 바로 수송기였다.

광신도들은 방향을 돌려 다른 확장 기지를 치게 하고, 이신은 수송기와 사략기를 함께 움직여 견제를 펼쳤다.

수송기에서 내린 광신도 4명이 앞마당에서 일하던 일벌레들을 사냥하기 시작했다.

일점사격으로 일일이 컨트롤해 주어서 일벌레를 차곡차곡 잡는 이신.

그러면서 사략기 또한 주변의 하늘군주를 잡고, 우르르 몰려드는 폭탄충들과 공중전을 펼쳤다.

타깃이 된 일부 사략기들은 빙글빙글 돌며, 다른 사략기들은 이를 쫓아다니는 폭탄충들을 사살.

―키에에엑!

―키엑! 켁!

폭탄충들이 몰살당했다.

사략기의 피해는 2기로 그쳤다.

하지만 독침충이 몰려오자 이신은 사략기 편대를 후퇴시켰다.

드롭했던 광신도 4명은 이미 제 역할을 다했기 때문에 포기했
다.

그렇게 산발적인 교전은 계속되었다.

이신은 정면 공격보다는 여러 곳을 동시에 견제하는 방식으
로 지속적으로 박영호가 몸집을 불리는 것을 억제했다.

그러면서 이신의 병력 구성은 점점 완벽한 조합이 이루어졌
다.

철갑충차와 광신도와 거신병기와 사략기!

완성된 조합 병력으로 이신은 총공세를 펼쳤다.

―Runner: GG.

―Runner: 다음 판 빨리ㄱㄱㄱ

약이 오른 박영호는 다음 판을 채근했다.

그렇게 시작된 다음 판에서는 대사제를 활용했다.

엄청난 물량으로 덤벼 오는 박영호를 상대로 대사제의 전격
마법을 계속 펼쳐 병력을 녹여 버렸다.

끈질기게 막고 또 막으며 이신은 병력 조합과 확장기지 건설을 속행했다.

이번에는 40분이 넘어가는 장기전.

맵의 자원을 거의 다 파먹도록 혈전이 계속되었다.

끝내 자원이 남아 있는 유일한 지역을 이신이 차지했다.

박영호는 마지막 병력을 끌어 모아 그 지역을 탈환하고자 했지만, 이번에도 이신은 대사제와 철갑충차를 무섭게 컨트롤해 막아냈다.

이신의 승리였다.

세 번째 게임마저도 이신의 승리로 돌아갔다.

바로 캐논포 러시!

상대방의 앞마당 광산 뒤편의 공간에 생명석 2개를 지어서 못 들어오게 심시티.

그리고 그 안에 캐논포를 지어버렸다.

앞마당에 떡하니 지어진 캐논포는 박영호로서는 굴욕이었다.

짓지 못하게 저지했지만, 생산 유닛을 컨트롤하는 싸움에서 이신이 압도한 게 컸다.

결국 앞마당에 지었던 부화실이 캐논포의 공격을 받아 부서지자 박영호는 GG를 선언했다.

"아 씨, 젠장!"

박영호는 이어폰을 뽑아 내동댕이치며 화를 냈다.

"한 판 더?"

이신이 물었다.

박영호는 씨근덕거리더니, 고개를 휘휘 저었다.

"좀 이따가!"

그러고는 거실 소파에 널브러져 미리 사온 과자를 마구 먹기 시작했다. 박영호의 스트레스 해소법이었다.

"갑자기 웬 신족이지?"

지우펑이 물어왔다.

이신은 어깨를 으쓱하며 답했다.

"컨디션이 좋지 않아서."

"컨디션이 안 좋아서 신족을 했다고?"

"신족은 인류보다 더 쉽거든."

이신의 태연자약한 대꾸에 모두들 황당함을 느꼈다.

"신족이 인류보다 쉽다고?"

지우펑은 울컥했다.

신족 플레이어인 그 앞에서 그런 소리를 하니 화가 안 날 수가 없었다.

'저렇게 신족을 현란하게 플레이하는 게 더 힘들 것 같은데……'

'멀티태스킹이 얼마나 괴물이어야 신족을 그렇게 플레이할 수 있는 거지?'

'저게 어떻게 슬럼프야?'

피지컬 측면에서는 완벽함을 보이는 이신.

그의 기이한 슬럼프는 모두를 의문스럽게 했다.

"어디 나와도 한판 붙어보지."

신족이 쉽단 소리를 들은 지우펑이 약이 올라서 제안했다.

이신은 고개를 끄덕이고는 연습게임을 시작했다.

결론부터 말하자면, 이신은 괴물을 골라서 지우펑을 3승 2패로 때려눕혔다.

이번에도 쐐기충 컨트롤과 괴물주술사의 마법 컨트롤이 현란했던 고난이도의 플레이였다.

"왜 신족으로 안 하는 거냐!"

"신족은 괴물로 상대해야 편하니까."

"신족 쉽다며!"

"괴물도 쉬워."

이신은 이번에는 괴물 플레이어들의 어그로를 끌었다.

격노한 박영호가 다시 재도전했고, 그렇게 이신은 원 없이 연습을 할 수 있었다.

신족과 괴물을 플레이할 땐 변함없이 이신. 유독 인류를 플레이할 때만 부진했다.

일단, 슬럼프는 슬럼프였다.

제8장

우승 후보들

월드 SC 그랑프리가 시작되었다.

대진표가 발표되었을 때, 본선에 진출한 선수 32인의 희비가 교차되었다.

박영호의 32강전 상대가 재미있었다.

바로 예선에서 이신과 싸웠던 인도의 천재 신예 니노.

"천재인지 뭔지 아주 잘 걸렸다."

박영호는 득의양양했다.

"내가 그 거품을 탈탈 털어줘야지. 프로게이머 인생이 너무 또 순탄해도 안 되거든."

작년에 은메달리스트가 된 박영호.

올해도 물오른 기량을 보이는 우승후보로 주목받고 있었다.

아무리 주목받고 있는 신예 니노라 해도 무리지 싶었다.

'혹시나 또 내가 잘 모르는 그 천재성을 발휘한다면 모를까.'

이신도 니노가 박영호를 꺾고 올라갈 가능성에 대해서는 회의적이었다.

예선에서 자신을 고전하게 만들기까지 했던 니노였지만, 인류 대 괴물의 양상이라면 이야기가 달라진다.

엄청난 피지컬을 자랑하는 박영호를 상대로 니노가 버텨낼 수 있을지는 살짝 의문이 들었다.

종족 상성은 인류의 우세라고는 하지만, 박영호가 특유의 철벽 운영으로 공세를 막아내며 소규모 전투를 산발적으로 일으키면 니노가 그 속도를 따라갈 수 있을 것 같지가 않았다.

그리고 곧이어 재미있는 소식이 전해졌다.

[인도의 천재 신예 니노 테르파, 폭스 게이밍으로 전격 이적]

[니노 영입한 폭스 게이밍 "니노, 마이클 조셉 능가하는 인류 플레이어 될 것"]

세계 유수의 강팀들이 노리던 유망주 니노의 행보가 마침내 결정된 것이다.

자신의 몸값을 높이기 위해 이적 협상을 미루고 월드 SC 그랑프리 개인전에 출전한 니노였다.

그런데 벌써 협상을 마친 걸 보니, 개인전 본선 진출 정도로 충분하다 싶었던 모양이었다.

"예상대로 폭스 게이밍이 데려갔군요. 결국 그렇게 될 거라고 생각했습니다."

이에 대해 왕춘 감독이 말했다.

"예상하셨습니까?"

이신이 묻자 왕춘 감독은 고개를 끄덕였다.

"애당초 니노는 양아버지가 미국인이기 때문에 미국행을 염두에 두고 있었을 겁니다. 미국에서 니노 영입에 가장 큰 투자를 할 팀은 폭스 게이밍뿐이죠."

"팀 크라이시스도 있지 않습니까?"

"거긴 마이클 조셉이 있지요."

들리는 소문에 의하면, 마이클 조셉은 현재 미국에서 거의 무적에 가까운 포스를 자랑하고 있다고 했다.

작년에는 아깝게 메달을 얻지 못했지만, 올해는 적어도 은메달 이상은 목에 걸 거라는 추측이 돌 정도.

그만큼 무섭게 성장한 마이클 조셉은 라이벌 팀인 폭스 게이밍으로서는 골칫거리였다.

폭스 게이밍도 아마드 부티아라는 걸출한 에이스가 있어 마이클 조셉과 라이벌 구도를 형성하고 있었지만 최근에 들어서는 밀리는 추세라고 했다.

"때마침 니노의 미국 진출 성공의 롤 모델인 아마드 부티아도 폭스 게이밍에 있으니 마음이 그쪽으로 기울었을 테지요."

"벌써 이적을 결정한 건 의외입니다."

"전 별로 의외라는 생각이 안 드는데요?"

왕춘 감독이 웃으며 이신의 말에 반박했다.

그는 문득 질문을 던졌다.

"러너와 니노의 대결에서 누가 16강에 진출할 것 같습니까?"

"박영호."

이신은 곧장 대답했다.

"대결 양상은 어떨 것 같습니까?"

이신은 잠시 생각하다가 또 대답했다.

"영호가 니노를 압살할 것 같습니다."

니노가 특유의 개성적인 플레이로 어떤 변수를 일으키지 않는 한, 박영호의 일방적인 승리가 될 거라고 이신은 생각했다.

왕춘 감독이 고개를 끄덕였다.

"예, 전문가들도 상당수가 그렇게 생각합니다. 우리가 이신 선수뿐만 아니라, 러너 영입에도 큰 투자를 한 이유가 있지요."

이신은 비로소 니노 측이 폭스 게이밍 행을 일찌감치 결정한 이유를 깨달았다.

쉽게 설명하자면, 박영호에게 흠씬 두들겨 맞고 나면 체면은 그렇다 치더라도 혜성처럼 등장한 신성인 니노에 대한 기대감의 거품도 빠진다.

니노는 인도에서 무패우승.

월드 SC 그랑프리에서도 오직 이신에게만 1패를 했을 뿐이었다.

이신에게 패한 경기도 역전에 재역전이 나온 명승부였으니 오히려 니노의 몸값 상승에 도움이 되었다.

그러니 니노에 대한 기대치가 최고조에 이르렀을 때 이적 협상을 잘 마무리한 것이다.

"한국에서 벌어졌던 개인리그는 전 세계가 주목하고 있었습니다. 이신 선수 때문이지만 러너나 차이 같은 선수도 주목 대상이었죠."

박영호도 그때 무패 결승 진출을 했을 정도로 어마어마한 기량을 떨쳤다.

"4강전에서 차이는 러너를 상대로 괴물을 꺾는 인류의 필승 공식을 썼습니다."

병영 체제에서 기갑 체제로 전환.

이후 고속전차의 지뢰와 기동포탑의 화력을 활용한 장기전.

다른 누구도 아닌 차이였으니 더더욱 빈틈이 없는 강력한 인류의 전략이었다.

"그런데도 3대 0으로 충격적인 패배를 당했죠. 그 방법으로는 지금의 러너를 꺾을 수 없다는 뜻입니다. 그렇다면 남은 건 결승전에서 이신 선수가 보여준 후반 병영 체제를 통한 난전뿐입니다."

왕춘 감독의 설명에 이신은 어느 정도 납득했다.

후반 병영 체제, 게다가 철벽 괴물을 흔들 수 있을 정도의 난전.

그걸 흉내 낼 수 있는 피지컬과 컨트롤을 가진 선수는 전 세계를 통틀어도 극소수였다.

그리고 니노는 그게 가능한 타입의 선수가 아니었다.

그 점을 감안하여서 세계 강팀의 전문가들은 박영호의 압승을 예상한 것이다.

"기대됩니다. 이신 선수는 물론이지만, 러너도 이번 대회에서 어느 정도 성적을 내줘야 제가 결정한 러너 영입이 틀리지 않았음이 입증될 테니까요."

본선 32강전은 그렇게 시작되었다.

박영호는 예상대로 니노를 꺾었다.

3판 2선승제의 대결에서 스코어는 2-0.

1세트는 박영호의 철벽이 완벽하게 발휘된 판이었다.

박영호는 니노의 모든 공격을 다 저지하고 안정적으로 자원과 병력을 모았다.

그리고 소규모 병력으로 끊임없이 게릴라를 펼쳐 니노가 자원을 얻지 못하게 훼방을 놓았다.

그때마다 다시 피해를 복구하는 니노의 끈질김도 좋았지만, 결국 시간이 흐를수록 강대해진 박영호의 공세를 견디지 못했다.

장기전에서 박영호를 당해내기 힘들다고 판단했는지, 2세트에서 니노는 전략적 승부수를 꺼내들었다.

바로 스텔스 전투기였다.

시작부터 항공정거장 2채를 짓고서 스텔스 전투기를 준비하는 니노의 체제를 파악한 박영호는 경기 중에 피식 웃었다.

박영호는 쐐기충을 뽑아 공중전에 응했다.

그리고 컨트롤 싸움에서 니노를 완전히 압도해 버렸다.

하늘 군주를 사방에 펼쳐 스텔스 전투기가 스텔스 모드로도 모습을 감출 수 없게 만들어 놓고, 쐐기충으로 쫓아다니며 계속 꽁무니에 쐐기를 갈겼다.

스텔스 전투기가 제대로 활약을 못하니, 그야말로 박영호의 압승이었다.

완패를 당하면서 그동안 주목받았던 니노의 신비감도 한풀 꺾여 버렸다.

그나마 1세트에서 상당히 분전했다는 평가를 받았을 뿐이었 다.

"봤음? 형이 고전했던 인도 꼬맹이를 나는 간단하게 관광 보 내 버렸지."

그 경기로 세계 e스포츠계로부터 상당히 높은 평가를 받은 박영호는 우쭐해졌다.

참고로 박영호는 인터뷰에서 자신의 얼음 왕국 마우스를 자 랑스럽게 내밀어보이며 네티즌들을 웃겼다.

'부인할 수는 없군.'

이신은 혀를 차면서도 한 가지는 인정했다.

이번 그랑프리에서 박영호의 기세는 아주 무서웠다.

어마어마한 연봉을 받고 SC스타즈에 이적한 것이 박영호에게 또 다른 책임감과 모티베이션을 제공한 게 아닐까 싶었다.

이신도 무사히 32강전을 승리로 장식했다.

상대는 폴란드의 인류 플레이어로 이번에 그랑프리에 처음 출 전한 선수였다.

스코어는 2─0.

무난한 이신의 완승이었다.

이신은 1세트, 2세트 모두 신족으로 플레이해 주목을 받았다.

화려한 플레이를 곧잘 펼치는 이신답게 명장면도 나왔다.

그것은 2세트에서 벌어진 큰 전투에서 연출되었다.

한 방을 노리는 인류의 대군이 진격을 시작했을 때였다.

이신 또한 이에 맞서기 위해 군세를 일켰다.

결정적인 순간, 이신의 아바타들이 무려 5방향에서 인류의 대군을 덮쳤다.

아바타 5기가 모두 봉인 마법을 펼쳤다.

"와아아아아아!"

―오 마이 갓! 보이십니까? 인류의 병력이 모두 봉인 당했습니다!

―카이저의 아바타들이 전술위성이 쏜 무력화탄을 모조리 피했어요.

광중들도 해설진도 흥분해서 고래고래 소리를 질렀다.

봉인 마법 5방이 모조리 적중된 것.

인류의 대군 태반이 봉인되어서 꼼짝달싹도 못하게 되었다.

물론 봉인된 상태에서는 피해 또한 받지 않지만, 문제는 진형(陣形)이었다.

이신은 일단 봉인되지 않은 잔여 병력을 모두 처치했다.

그리고 봉인된 병력을 빙 둘러싼 채 봉인이 풀리기를 기다렸다 .

봉인이 풀리자마자 이어진 것은 희대의 대학살!

이신은 아무런 피해를 받지 않고 한 타 싸움에서 상대를 괴멸시킨 엄청난 전과를 거두었다.

—역시 카이저입니다. 최고의 명장면은 지난번에 니노와의 대결에서 선보였던 신의 드롭이 될 거라고 생각했는데 말이죠!

—이래서 카이저에게 열광할 수밖에 없습니다. 최고의 실력과 팬들의 눈을 즐겁게 만들어주는 화려함을 겸비했어요!

타고난 스타성!

이신의 주가를 다시 한 번 드높여준 명경기가 되었다.

졸지에 명경기의 희생양이 되어버린 폴란드 선수였지만, 그는 오히려 영광이었다면서 이신에게 악수를 청하고 사진도 함께 찍어 갔다.

"역시 세상은 불공평해. 겨우 그 정도 쩌리를 잡았는데도 칭송을 받고!"

박영호는 궁상맞게 투덜거렸다.

한순간에 모든 관련 커뮤니티가 이신 이야기로 가득 채워지자 질투가 난 것!

박영호는 니노를 잡고 전문가에게 어필했지만, 이신의 플레이는 팬에게 어필했다. 그 차이일 뿐이었지만 엔터테인먼트성이 중요한 e스포츠에서는 어쩔 수 없는 일이었다.

한편, 신지호는 영국의 스타 알렉산더 스테인을 만나 치열한 대전을 펼쳤다.

두 사람은 서로의 확장 기지를 공격해 자원 공급을 방해하며, 함께 굶주리는 피 말리는 전쟁을 치렀다.

철벽같은 방어로 무너져도 금세 복원해 버리는 신지호.

불리한 상황 속에서도 멋지게 도망 다니며 절묘한 견제 플레이로 반격하는 알렉산더 스테인.

끝내 승자는 2—1 스코어로 신지호의 차지가 되었다.

"역시 끝까지 버티는 사람이 승자입니다."

피 말리는 대전 끝에 녹초가 된 신지호가 인터뷰에서 남긴 말이었다.

"와, 진짜 오진다. 저 형도 고집이 있어."

박영호의 말에 이신도 고개를 끄덕였다.

"이제 자기 스타일을 완전히 확립한 모양이군."

원래도 이신을 까다롭게 만드는 몇 안 되는 상대였던 신지호였지만, 이제는 더 힘든 상대가 될 듯했다.

아무튼 세계적으로 지명도가 높은 알렉산더 스테인을 꺾은 후로, 신지호의 주가는 치솟기 시작했다.

이런 선수가 있었냐며 세계 강팀들이 쌍성전자에 오퍼를 넣는 일이 많아졌다.

세계 최고의 프로게이머를 가리는 월드 SC 그랑프리 개인전 16강.

그 16강에 한국 선수 셋이 모두 진출하자 한국은 축제 분위기였다.

특히나 이신, 박영호와 함께 신지호 또한 우승후보로 세계적인 전문 매체에 소개되자 더더욱 신이 난 네티즌들이었다.

*   *   *

"안녕하세요, 형님들! 반갑습니다. 예, 어서 오세요."

16강 진출을 확정 지은 박영호는 오랜만에 개인방송을 켰다.

SC스타즈에 이적하고 그랑프리 개인전에서 맹활약을 떨친 박영호는 전보다 더 큰 인기를 누리고 있었다.

그런 박영호가 오랜만에 개인방송을 켜자, 수많은 시청자가 벌떼처럼 몰려들었다.

—오, 영호 형님 하이!

—16강 진출 축하드립니다.

—형 왔다, 인사 박아라.

—헐, 순식간에 시청자 3천ㅋㅋㅋ

—32강전 니노 패는 거 오지더라.

삼시간에 3천을 돌파한 박영호의 개인방송 시청자 숫자.

"오, 시청자 잘 붙네. 그럼 어그로 끌어서 시청자를 더 불러들여 볼까요?"

그러면서 박영호는 자신의 개인방송 방제를 다음과 같이 수정했다.

[SC 박영호 이신과 합동 방송]

방송의 흥행을 위하여 이신을 써먹기로 작정한 것.

—이신?

—우와, 신님 출연함?

—신과 영호 합방이다!

—뻥치는 거 아냐?ㅋㅋㅋ

—시청자 끌려고 뻥치는 듯.

"에이, 형님들 왜 그러십니까? 제가 신이 형하고 한 호텔에서 자는 사이인데."

—같이 호텔에♡

—브로맨스 각

—미친ㅋㅋㅋㅋ

자꾸만 이신을 언급하며 시청자들과 낄낄거리는 박영호.

박영호는 최근 인기가 더없이 치솟은 상태였다. 개인리그 우승하고 그랑프리 개인전에서 은메달을 땄을 때보다도 더 말이다.

박영호는 그 이유를 아주 잘 알고 있었다.

예능 프로그램도 출연하며 대중적인 인지도가 올라간 탓도 있지만, 무엇보다도 이신과 SC스타즈에서 한솥밥을 먹게 된 게 컸다.

마우스 문제로 이신과 같이 쇼핑도 다니는 등, 종일 붙어 다녔으니 자연스럽게 엄청나게 많은 이신교의 신도들에게 박영호가 좋은 인상으로 각인된 것이다.

—이신 오빠 언제 나와요?

—못생긴 네 면상 치우고 이신 불러라.

—신님 보고 싶어요.

—영호 오빠 너무 못생겼어요. 신님으로 눈 정화 시켜주세요.

—장난함? 영호 형님 얼굴도 어디 가서 꿀리지 않는다!

—상반신만 나오는데도 키 작아 보여.

—어서 신님 불러주세요.

—네 얼굴 보러 온 게 아니다. 분위기 파악하자 영호야.

악담이 가득한 채팅창을 보면서도 박영호는 눈썹 하나 까딱하지 않고 도리어 흐뭇해했다.

"이야, 갑자기 우리 방에 여성 시청자가 많아진 것 같지 않아요? 제가 이렇게 인기가 좋습니다."

시청자들의 채팅은 점점 거칠어졌다. 어서 이신이나 출연시키라고 아우성이었다.

"어허, 이 사람들. 그럼 이렇게 하죠. 저보고 잘생겼다고 100번만 하면 신이 형 부르겠습니다."

—뒤지고 싶냐?

—허위 사실 유포로 방송 신고해 버린다.

—영호 오빠 잘생겼다!

—응 아냐.

―죽어도 그 소린 못하겠다. 양심 좀 챙기자 BJ야.

―차라리 별사탕을 쏜다.

―오빠 별사탕 쏠 테니까 신 오빠 불러주세요ㅠㅠ

그런데 그때, 갑자기 박영호의 방송에서 별사탕 세례가 터지기 시작했다.

―이신교순교자님께서 별사탕 1882개를 선물하셨습니다.

―오!

―55555

―저분 이신 방 열혈이심.

―이신교 대사제다!

―18빨리ㅋㅋㅋㅋ

―이신전심님께서 별사탕 1882개를 선물하셨습니다.

―헐;;;

―우와;;;;

―이신 방 큰손들 계속 등장ㅋㅋ

―또 1882개ㅋㅋ

"우와! 감사합니다! 감사합니다, 누님들! 이신교의 대사제 분들께서 놀러오셨네요. 예, 신이 형 빨리 부르겠습니다."

박영호는 냉큼 방으로 달려갔다. 하지만 이신은 그곳에 없었다.

잠시 후 돌아온 박영호가 머리를 긁적이며 말했다.

"형이 지금 샤워 중이네요. 좀 있다가 샤워 끝나면 같이 그랑프리 경기 볼 겁니다."

—꺅 샤워♡
—샤워 씬 찍자 영호야.
—신님이 샤워하고 막 나온 모습 보고 싶어요!
—19금 각!

"어허, 이 사람들. 그러다 저 죽어요. 형 없으면 영어도 안 되고 중국어도 안 되고, 말을 못해서 완전 왕따 당해요."

박영호는 계속 안 된다고 했지만 시청자들은 별사탕을 쏘고 채팅창을 도배하면서 압박했다.

박영호는 시청자들과 노닥거리다가, 이신이 샤워하고 막 나온 모습을 보여주면 별사탕을 받기로 합의를 보았다.

결국 박영호는 샤워를 마치고 나온 이신을 억지로 컴퓨터 앞에 앉혔다.

"뭔데 그래?"

"되게 중요한 거야."

이윽고 이신은 컴퓨터 모니터에 띄워져 있는 개인방송 프로그램을 발견했다.

—신이다!

—존잘ㄷㄷ

—신 오빠♡

—꺅 신이시여!!

—신님 안녕하세요!

—이신님, 오랜만에 게임하는 거 보여주세요. 이신님의 플레이 화면 보고 싶습니다.

"……."

이신은 할 말을 잃었다.

함께 중요한 경기를 관람하기 위해, 연습을 일찍 끝내고 방에 돌아와 쉬고 있었던 이신이었다.

개인방송에 출연해주겠다고 약속한 적은 없었고, 박영호도 부탁한 적이 없었다.

"맞고 싶냐?"

"에이, 뭐 어때! 어차피 경기 보는 김에 방송 켜서 시청자랑 같이 보면 더 좋잖아."

이신은 원치 않았던 개인방송 출연에 찜찜해졌지만, 하는 수 없이 캠 카메라를 향해 인사했다.

"이신입니다."

"예, 드디어 이신이 출연했습니다! 샤워하고 막 나온 모습 보여드렸죠? 약속했던 별사탕은 어떻게 된 건가요?"

그러자 이번에도 별사탕이 폭발적으로 터져 나오기로 했다.

주로 이신교의 신도들!

별사탕이 터질 때마다 오두방정을 떨며 리액션을 보이는 박영호.

옆에서 질색을 하는 이신 때문에 시청자들은 더더욱 웃음바다가 되었다.

아직 보려고 했던 경기는 시작되지 않은 탓에, 두 사람은 시청자들의 질문에 답해주는 식으로 방송을 진행했다.

그런데 그때였다.

—BJ최영준님께서 입장하셨습니다.
—BJ최영준님께서 매니저로 임명되셨습니다.

"어? 영준이다. 하이, 영준아!"
박영호가 반갑다고 인사했다.

—BJ최영준: ㅎㅇㅎㅇ 이신 형님도 안녕하세요.
—오 최영준이다.
—최영준도 그랑프리 단체전 때문에 뉴욕에 있을 텐데.
—최영준도 합방하자.
—오 좋다.

최영준 역시 월드 SC 그랑프리에 참가하느라 현재 뉴욕에 있었다.

개인전은 참가하지 못했지만, 소속 팀인 쌍성전자가 작년 프로리그 우승 팀인 탓에 단체전에 출장한 것.

때문에 최영준도 뉴욕에 있었지만 팀과 함께 숙소를 따로 자리 잡아서 서로 만날 시간이 없었다.

최영준도 막간의 시간을 이용해 개인방송을 킨 모양이었다.

"영준아, 너도 음성채팅으로 같이 얘기하면서 경기 보자."

—BJ최영준: 좋죠.

이윽고 음성채팅 메신저를 통해 최영준이 접속했다.

—안녕하세요, 이신 형님.

"그냥 형이라 부르고 말 편히 해."

—정말요?

"어."

—알았어, 형. 개인전 16강 진출 축하해.

"너네도 단체전 16강 진출했지?"

—응, 근데 16강전 이겨도 8강 상대가 팀 크라이시스야.

최영준은 울상이 되어서 하소연했다.

그랑프리는 개인전만큼이나 단체전 또한 팬들의 주목을 받고 있었다.

개인전이 세계 최고의 프로게이머를 가린다면, 단체전은 세계 최고의 e스포츠 강국을 가르는 대결의 장이었다.

그리고 한국 팀들 중 가장 성적이 좋았던 쌍성전자도 단체전에서 메달은 구경도 못해봤다.

최고 성적은 작년의 8강 진출이 고작.

세계 톱클래스에 이른 소수의 실력자는 있지만, 평균적인 수준은 e스포츠 산업이 발달한 미국, 유럽, 중국을 넘어서지 못하는 상황. 그것이 한국의 현주소였다.

ㅡ이번에는 동메달까지는 가보자고 의욕 충만했는데 다들 시름에 잠겨 있어요.

"팀 크라이시스는 확실히 너무 세지."

박영호도 공감했다.

마이클 조셉이 소속된 전미 최강팀 팀 크라이시스.

축구계의 레알 마드리드라 불리는 팀 크라이시스는 세계 각국에서 실력자를 영입해 팀 전력을 한층 더 상승시켰다.

거기에 에이스 마이클 조셉은 올해 들어 거의 미친 포스로 전미 프로리그를 씹어 먹는 상황.

미국은 마침내 카이저를 능가할 선수가 나타났다고 들썩거리고 있었다.

"마이클 조셉은 너나 신지호가 상대해야겠네?"

박영호가 물었다.

ㅡ그렇죠, 뭐. 근데 조셉 걔는 요즘 어떤 맵에서든 다 잘해서 몇 세트에 출전할지 감도 안 잡혀요. 예선전 경기 보니까 완전 미쳐 있던데요.

"에이, 뭘 약한 소리야? 작년에 마이클 조셉 꺾고 동메달 따신 분이."

ㅡ작년의 걔가 아니던데요. 대체 제가 어떻게 걜 이긴 건지 모

르겠어요.

"아무튼 같이 보면 어느 정도인지 알겠지. 마침 상대는 괴물이니까 나도 참고할 수 있겠다."

그랬다.

그들이 보려고 기다리는 경기는 바로 마이클 조셉의 32강전.

상대는 안드레이 이바노프.

올해 22세의 러시아 선수로, 부진에 빠지기 전에는 '차르(tsar)'라 불리는 실력자였다.

어린 나이에 데뷔해서 한때는 러시아에서 적수가 없었으나, 이후 오랫동안 부진에 빠져 있었다.

그런데 작년부터 다시 부활.

기적적으로 러시아의 2020년 전반기 개인리그에서 우승컵을 들어 그랑프리 개인전 출전권을 따냈다.

"한 번 봤던 것 같은데?"

이신이 고개를 갸웃거리며 말했다.

"예전에 그랑프리에서 형하고 4강에서 붙었었잖아."

박영호가 답해줬지만, 그래도 이신은 잘 기억하지 못했다.

—4년 전이어서 잘 기억 안 나시나보네요. 그때 스코어는 3대 1이었고, 신이 형을 상대로 꽤 분전했던 괴물 플레이어였어요. 기억 안 나세요? 바퀴랑 일벌레랑 같이 치즈러시를 시도했었는데.

"아, 기억난다."

그제야 이신은 고개를 끄덕였다.

기억났다.

4년 전이면 한창 이신이 매너리즘에 빠져 있던 시기였다.

적수는 찾아보기 어려워서 의욕이 저하된 상태.

거기다가 소속 팀은 사정이 어려워 연봉을 다 못 주겠다는 등의 헛소리를 해서 법적 대응을 하고 있던 때로 기억했다.

그 해의 월드 SC 그랑프리는 철저한 준비도 없이 무작정 출장했던 걸로 기억했다.

상대에 대한 분석도 없이 막무가내로 치렀던 그랑프리였다.

그럼에도 결국 금메달을 손에 넣었지만 말이다.

"그때 상대가 누군지도 모르고 경기를 치러서 약간 고전했지."

─네, 그때 형 소속 팀이 좀 쓰레기였잖아요. 연봉 못 주겠다고 법적 다툼 벌였고, 형 그랑프리 출장 가는데 숙소나 뭐나 아무것도 준비 안 해주고…….

최영준은 역시 어릴 때 이신의 팬이었다는 말이 사실인 듯, 자세히 알고 있었다.

이신은 고개를 끄덕였다.

당시에 이신은 팀이 악의적으로 방치한 탓에 숙소도 통역도 없이 그랑프리에 출장하게 되어서 곤란에 처했었다.

물론 당황하지 않고 간단하게 처리했더랬다.

'협회에 전화 한 통 하니까 다 해결됐지.'

그리고 소속 팀은 법적 다툼에서 패소했고, 급기야 팀이 공중분해되었다.

아무튼 상대가 그때 명성을 떨쳤던 선수라면, 결코 마이클 조셉이라 해도 얕볼 수 없는 상대라는 뜻이었다.

시간이 되자 마침내 마이클 조셉과 안드레이 이바노프의 경기가 시작됐다.

그리고 충격적인 상황이 벌어졌다.

1세트가 끝나는 데 걸린 시간은 고작 4분 23초.

마이클 조셉은 병영을 짓지 않고 앞마당에 확장 기지를 먼저 짓는, 이른바 '생 더블' 빌드를 시도했다.

성공을 거두면 일찍 확보된 확장 기지를 통해 막대한 자원 우위에 서는 빌드였다.

하지만 안드레이 이바노프는 운 좋게도 첫 정찰에 발견했다.

그대로 모든 유닛을 끌고 공격 가서 박살을 내버렸다.

6마리의 바퀴뿐만이 아니라, 일벌레까지 모조리 동원한 무자비한 응징.

마이클 조셉은 체력이 막강한 건설로봇으로 디펜스를 할 수 있다고 자신했던 모양이었다.

하지만 차르라 불리는 상대는 조금도 망설임이 없었고, 빠른 결단이 강력한 공격으로 연결되어 마이클 조셉의 자신감을 박살 내 버렸다.

어안이 벙벙해진 마이클 조셉.

"와, 미친 상남자 포스 보소."

박영호가 혀를 내둘렀다.

이신도 놀랐다.

저 플레이도 기억했다.

4년 전, 딱 똑같은 상황이었다.

똑같은 상대였다.

그때 이신은 이겼었다.

＊　　　　＊　　　　＊

"마이클 조셉이 한 방 먹었는데."

─많이 과신했죠. 3판 2선인데 첫 세트에서 생 더블은 지나쳤어요.

박영호와 최영준이 한마디씩 했다.

다전제에서 1세트는 매우 중요했다.

하물며 5판 3선도 아니고 3판 2선이었다.

시작부터 과감한 생 더블은 상대의 허를 찌르는 시도였을지는 몰라도, 상대를 너무 얕보기도 했다.

─와, 근데 4년 전 이신 형하고 했던 경기랑 똑같았어요. 그때도 신이 형이 생 더블을 했고, 저 사람은 바퀴랑 일벌레를 총동원해서 공격했거든요.

"그때 형이 졌나?"

─신이 형이 이겼죠. 그때부터 카이저한테 치즈러시 하지 말라는 말이 생겼잖아요.

사실 유명한 장면이었다.

바퀴와 일벌레가 함께 밀고 들어왔는데, 건설로봇들이 엄청난 블로킹을 시전하며 엄청난 난전을 펼쳤다.

때리고 피하고 서로 고치고…….

계속 추가 생산된 바퀴가 합류해서 매섭게 공세를 펼쳤지만, 이신은 끝끝내 막아냈다.

　정찰 보냈던 건설로봇으로 상대 본신에서 일하던 몇 안 되는 일벌레를 괴롭혀 자원 공급을 방해한 게 주효했다.

　그 방해 덕에 추가 바퀴 생산이 늦어져서 가까스로 막아낼 수 있었던 것이다.

　심장이 터질 것 같은 긴장감 넘치는 혈전을 치르면서도 당시 이신은 표정 하나 변하지 않았었다.

　이신은 고개를 끄덕였다.

　"기억나는군. 그때보다 컨트롤이 는 것 같은데."

　"그래?"

　"그냥 운 좋아서 그랑프리에 올라온 건 아닌 것 같아."

　그렇게 안드레이 이바노프는 세계 톱을 노리는 마이클 조셉을 상대로 심상치 않은 분위기를 일으켰다.

　이어지는 2세트.

　마이클 조셉은 이번에는 안정적인 1병영 더블 빌드를 썼다.

　병영 하나를 짓고 나서 앞마당에 확장 기지를 구축하는 것이니, 생 더블보다는 훨씬 안전하고 보편적인 빌드 오더였다.

　하지만 마이클 조셉은 병영에서 보병을 1명도 생산하지 않고, 곧바로 확장 기지부터 가져가는 배짱을 보였다.

　"와, 보병 하나 안 뽑고 바로 앞마당이냐. 요즘 인류들 진짜 뻔뻔하다."

　박영호가 기가 차서 투덜거렸다.

―째는 플레이가 대세잖아요. 형도 무지 잘 째면서 뭘…….

박영호가 철벽괴물이라 불리는 이유는 디펜스에 과도한 자원 투자를 하기 때문이 아니었다.

최소한의 디펜스로 아슬아슬하게 막아내면서 자원을 계속 아끼고 부유해져서 중후반에 걷잡을 수 없는 파괴력을 일으킨다.

"괴물은 그렇게 하지 않으면 못 이기니까 그러는 거고. 인류는 진짜, 와……."

박영호는 마이클 조셉의 째는 플레이에 짜증을 냈다.

종족 상성상 괴물의 천적인 인류가 저런 식으로 플레이하면 얼마나 짜증 나는지 잘 알기 때문이다.

시청자들도 인류가 사기니 괴물이 더 사기니 논쟁을 벌이기 시작했다.

스페이스 크래프트를 메인으로 다루는 개인방송의 채팅창에서 흔히 벌어지는 일이었다.

"어?"

박영호가 문득 탄성을 토했다.

안드레이의 플레이가 심상치 않았던 것이다.

―쐐기충이랑 독침충 테크 트리를 동시에 타네요?

"저거 쐐기충 페이크다."

박영호가 단언했다.

그의 말대로였다.

쐐기충을 생산하려는 듯한 테크 트리를 상대에게 보여주었다.

쐐기충 둥지를 정찰을 통해 본 마이클 조셉은 본진과 앞마당

등에 대공포를 건설해 대공 방어를 둘렀다.

하지만 안드레이는 독침충 둥지를 앞마당 구석에 숨겨 지은 상태. 하늘군주 무리를 그 위에 띄워놓아서 상대가 보시 못하게 가려 버리는 용의주도함까지 보였다.

이어지는 것은 독침충들과 독침충이 변태된 촉수충들의 진격.

마이클 조셉도 금세 속았음을 깨달았지만, 이미 안드레이의 독침충·촉수충 부대가 앞마당까지 밀고 들어온 상황.

안드레이는 공격을 시도하는 대신, 촉수충을 대거 땅속에 심어놓아서 마이클 조셉의 병력이 나오지 못하게 봉쇄했다.

그러고는 안전하게 확장 기지를 가져가기 시작했다.

마이클 조셉은 앞마당 앞에 버티고 있는 촉수충들 때문에 그것을 저지할 수가 없었다.

"와, 설계 오지네. 3광산까지 무난하게 가져갔어."

뿐만 아니라 확장 기지를 하나 더 가져가서 총 4광산에서 광물 자원을 채집했다.

과감한 확장!

마이클 조셉이 가만히 본진에 틀어박혀 있을 리가 만무했다.

마이클 조셉은 놀랍게도 곧장 기갑정거장을 늘려 짓기 시작했다.

"기갑 체제로 벌써 전환한다고?"

놀란 박영호.

─저거 신이 형이 먼저 했을 걸요. 아니면 차이였나? 아무튼 불리한 상황에서 기동포탑 대신 고속전차를 많이 뽑아서 맵에

지뢰 깔고 체제 전환.

"본진과 앞마당 자원만으로 기갑 체제로 체제 전환까지 시도하네. 요즘 인류들 아주 돌았어."

지적대로였다.

마이클 조셉은 고속전차를 생산하고 지뢰 개발을 우선했다.

그리고 항공정거장에서 항공수송선을 1척 뽑아 고속전차 4기를 태웠다.

앞마당을 촉수충과 독침충들이 봉쇄하고 있으니 항공수송선을 통해 고속전차들을 밖으로 내보낼 생각이었다.

그러나…….

ㅡ퍼어엉!

항공수송선은 언덕 너머로 나오자마자 격추당했다.

정확하게 그곳에 독침충들이 기다리고 있었던 것이다.

항공수송선을 활용한 드롭으로 견제 플레이를 할 거라고 예상을 했던 것.

러시아의 차르가 강력한 우승 후보인 마이클 조셉을 완전히 압도하고 있었다.

           *   *   *

대단한 경기였다.

마이클 조셉은 굴하지 않고 기동포탑의 포격으로 압박을 뚫었다.

안드레이는 기동포탑의 포격 사거리 밖으로 물러서면서도, 포위망을 계속 유지했다.

항공수송선을 절대로 쓰지 못하도록, 모든 방면에 독침충들이 배치됐다.

하지만 포위망이 느슨해지자, 마이클 조셉의 고속전차들이 본격적으로 활약하기 시작했다.

포위망의 빈틈을 빠져나온 고속전차들이 맵 곳곳에 지뢰를 매설.

그러면서 기동포탑들도 서서히 진격해서 영역을 넓혔다.

늦어졌던 2번째 확장 기지를 가져가는 마이클 조셉.

그걸 저지하기 위해 덤벼든 안드레이의 공세에 맞서 격전을 치렀다.

우회 진격해 배후에 지뢰를 깔아 후속 병력을 막는 고속전차의 플레이가 집요하기 이를 데 없었다.

그러면서 항공수송선을 이용해 기습 드롭까지 시도하는 멀티태스킹!

마이클 조셉은 미친 피지컬로 패색이 역력한 경기를 점점 아직 해볼 만한 수준으로 끌어올리기 시작했다.

하지만 안드레이 또한 바퀴나 독침충 같은 값싼 병력만으로 마이클 조셉을 괴롭히는 상황.

진짜로 준비한 한 수는 따로 있었다.

그것은 바로 페이크만 쓰고 막상 뽑지는 않았던 쐐기충이었다.

고속전차와 기동포탑 위주로 병력을 구성하고 있던 마이클 조섭에게 카운터펀치를 날린 것이다.

초반에 쐐기충 페이크에 속았던 것이 또다시 작용했다.

마이클 조섭은 수세에 몰린 다급한 와중이라 오히려 상대가 쐐기충을 쓸 거라고 예상을 못했다.

—쐐액!

—퍼어엉!

쐐기충이 여기저기를 헤집고 다니며 마이클 조섭을 괴롭혔다.

그 와중에도 기계보병을 뽑고 대공포를 지으며 막아내는 마이클 조섭도 대단했지만, 괴물주술사와 함께 밀고 들어오는 어마어마한 괴물 대군은 막아낼 도리가 없었다.

대군을 이끄는 안드레이는 부진에 빠지기 전의 전성기 시절을 연상케 하는 날카로운 컨트롤 센스를 보였다.

괴물주술사들이 계속 흑안개를 치며 진격로를 열었다.

그러면서 쐐기충들은 반대 방면에서 본진 침투를 시도하며 성동격서(聲東擊西).

게다가 하늘군주들이 안에 가득 실은 바퀴 떼를 앞마당에 대거 드롭했다.

2중, 3중, 4중의 총공세.

할 수 있는 모든 수단을 모조리 동원하여 일거에 퍼붓는 수법.

박영호는 같은 괴물 플레이어로서 입을 쩌억 벌리며 감탄했다.

—와, 토털 어택! 안드레이 저 선수 예전 스타일을 그대로 간직하고 있었네요!

선수 이전 시절부터 e스포츠 광팬이었던 최영준이 흥분해서 소리쳤다.

이신도 서서히 4년 전에 붙었던 이름 모를 외국 선수의 괴물 플레이가 또렷이 기억나기 시작했다.

금메달의 문턱에 이르렀을 때, 바로 저런 총공격에 1패를 기록한 바 있었다.

깜짝 전략이 아닌 정면 대결로 이신에게 1패를 안기기란 무척 힘든 일이었던 탓에, 나름대로 화제도 됐었다.

이미 져 있던 게임을 괴물 같은 피지컬로 여기까지 끌고 왔던 마이클 조셉.

하지만 차르의 토털 어택에 그대로 허물어졌다.

—오진다;;;

—완전 미쳤다ㄷㄷ

—마이클 조셉을 2대 0으로 패버리네.

—와 차르의 위엄 보소;;;

—ㅋㅋ미쳤다ㅋㅋㅋ

—4년 전에 이신한테 처맞은 사람이네요. 그래도 그때 당시엔 그럭저럭 이신 상대로 좋은 대결 펼쳤던 몇 안 되는 선수였습니다.

—지금 금메달, 은메달, 동메달리스트가 모두 경악하고 있음ㅋㅋㅋㅋ

시청자들도 놀라워했다.

그만큼 안드레이 이바노프의 경기력은 충격적이었다.

무엇보다도 전미 최강의 프로게이머였던 마이클 조셉이 32강전에서 떨어질 줄을 누가 예상했겠는가?

이어서 안드레이의 승자 인터뷰가 있었다.

안드레이는 장신의 키에 강렬한 눈매와 콧날을 가진 젊은 사내였다.

—마이클 조셉을 꺾었다. 소감이 어떤가?

—아주 기쁘다. 운이 좋았다고 생각한다.

—2세트에서 보여준 경기력은 운이 아니었다고 생각되는데. 승리의 비결을 묻고 싶다.

—역시 운이 좋았다. 2세트는 확실하게 자신 있는 맵이었지만, 1세트와 3세트에 배정된 맵은 그렇지 않았다. 1세트의 치즈러시가 성공을 거둔 덕에 3세트까지 가지 않고 승리할 수 있었다.

—오랫동안 부진했는데 다시 기량을 회복하고 그랑프리 무대로 돌아올 수 있었던 비결이 있나?

—너무 어린 나이에 성공을 거두고 방탕했다. 태만해진 만큼 경기력도 떨어져 2년간 부진했다. 그랬던 나를 일깨워준 것은 역시나 카이저였다.

—카이저?

안드레이는 웃으며 고개를 끄덕였다.

—회복 불가의 부상을 딛고 돌아온 그를 보며, 내가 손목보다 더 소중한 것을 잃어버렸다는 것을 깨달았다. 그래도 난 적어도 손목은 멀쩡하니 아직 다시 시작할 수 있을 거라고 생각했다.

안드레이가 카메라를 응시하며 말을 이었다.

—카이저가 이걸 보고 있다면 감사를 표하고 싶다. 당신 덕분

에 나 또한 이곳에 돌아왔다. 한 번 더 당신에게 도전하고 싶다.

이윽고 관중들의 박수가 쏟아졌다.

2년간이나 지속됐던 부진을 딛고 돌아온 안드레이 이바노프.

마이클 조셉 대신 16강에 이름을 올린 그는 혜성처럼 등장한 우승 후보의 하나로 명성을 떨치기 시작했다.

"형한테 다시 도전하겠다는데?"

옆에서 박영호가 말을 걸었다.

―근데 진짜 인류전을 잘 준비했어요. 마이클 조셉을 꺾었으니까요.

"재미있겠네."

잠자코 있던 이신이 말했다.

"덕분에 나도 좀 감이 돌아오는 것 같아."

박진감 넘치는 대결을 보고, 과거의 기억도 떠올렸다.

마이클 조셉을 몰아세우는 안드레이의 거친 공격성을 보자, 이신도 자극을 받았다.

덕분에 의욕이 샘솟고 시도하고 싶은 여러 가지 아이디어가 떠올랐다.

72악마군주의 축제 때문에 잃었던 감이 서서히 돌아오고 있었다.

이렇게 자신을 자극해준 안드레이에게 오히려 이신이 감사를 표하고 싶을 정도였다.

"연습이나 하자."

이신은 박영호에게 말했다.

─예, 그럼 저도 이만 방송 끄고 돌아가서 쉴게요. 연습 잘하시고, 연습 상대 필요하시면 불러주세요.

최영준과 작별을 고한 이신은 박영호에게 방송을 끄게 했다.

시청자들이 좀 더 방송을 보고 싶다고 아우성쳤지만, 결국 방송을 종료한 박영호는 이신과 함께 연습을 시작했다.

이신은 다시 인류를 골라서 플레이하기 시작했다.

다음 날도, 그 다음 날도 쉬지 않고 연습에 매진했다.

낮았던 승률이 서서히 5할 이상으로 다시 오르기 시작했다.

갑자기 플레이가 매서워진 이신을 상대하느라, 박영호의 인류전 솜씨도 덩달아 늘었다.

박영호도 이신 못잖게 독한 성격.

두 사람은 엄청난 연습량을 나란히 소화했다.

그러는 동안 엔조 주앙과 아마드 부티아, 그리고 지우펑 등 세계 강자들의 16강 합류 소식이 들려왔다.

금메달을 놓고 쟁패를 벌일 우승 후보들이 윤곽을 드러낸 것이었다.

제9장

알파 버전

16강에 진출한 선수가 모두 확정된 뒤로 이신은 박영호와 연습을 하지 않았다.

둘 다 순조롭게 올라가면 결승전에서 맞붙게 된다.

결승까지 아직 먼 여정이었지만, 두 사람 모두 충분히 결승 및 우승을 노릴 만한 실력이 있었기 때문에 더 이상 함께 연습하지 않기로 했다.

연습 상대는 SC스타즈 팀 내에도 충분히 있었지만, 이신은 신중을 기하기로 했다.

팀 내에는 박영호 외에도 지우펑이라는 또 다른 경쟁자가 있었다.

팀의 에이스였고 동료들의 신임도 두터웠다.

'그럴 리는 없다고 생각되지만, 혹시나 정보가 유출될 지도 모르니까.'

동료들을 통해 지우펑에게 이신의 연습 정보가 유출될지 모르니 보안을 철저히 지키기로 했다.

그래서 이신은 한국에 연락을 했다.

—선생님, 32강전 잘 봤어요. 너무 멋졌어요. 어떻게 5기의 아바타가 동시에 봉인 마법을 펼친 거예요?

"상대가 승부를 보려고 끌고 나온 병력을 전부 잡아먹기 위해서 아바타를 쓰지 않고 마법 에너지를 아껴두고 있었어. 별일은 없고?"

—네, 다들 잘 지내죠. 곧 휴가를 받게 되는데 선생님의 결승전을 보러 가려고요.

"알았어. 옆에 장양 있어?"

—네, 게임 중이죠.

"그럼 내 연습 도와달라고 전해."

—알겠어요. 대신 저도 둘이 연습하는 거 관전해도 되죠?

"돼."

통화를 끊은 이신은 온라인에 접속해 장양에게 쪽지를 건넸다.

방제와 비밀번호를 건넨 뒤, 방을 만들었다.

장양과 주디가 접속하자 곧바로 연습이 시작되었다.

'이런.'

이신은 곧 신음했다.

정말 좋은 연습 상대였다.

독침충, 촉수충, 바퀴, 괴물주술사, 쐐기충…….

흑안개와 피의 저주와 하늘군주에 병력을 태운 뒤에 머리 위에 드롭.

거의 모든 유닛으로 모든 공격 방법을 총동원해 일시에 쏟아내는 장양의 플레이를 보며 이신은 생각했다.

'이건 안드레이 이바노프의 토털 어택이군.'

불시에 작렬한 장양의 총공세에 무릎 꿇은 이신은 채팅으로 물었다.

—Player_SIN: 장양이 혹시 마이클 조셉과 안드레이의 경기를 본 거야?

이내 옵서버로 게임을 관전하던 주디가 답했다.

—iLoveSin: ㅎㅎㅎ정확히는 선생님께서 박영호 선수와 합동 방송을 하는 걸 봤죠.

역시나.

안드레이의 강력한 토털 어택에 이신이 놀란 모습을 보자, 장양도 마음에 들었던 모양이었다.

—Player_SIN: 난이도가 상당히 높았을 텐데?

안드레이의 토털 어택은 아무나 따라할 수 없는 고난도의 플레이였다.

최대한 많은 가짓수의 공격 수단을 준비해야 한다.

그걸 실행할 병력을 모으면서도, 소수 병력을 계속 투입해 상대를 끊임없이 괴롭혀야 한다.

가만 놔두면 인류는 신지호의 108공포처럼 엄청난 디펜스를 쳐 버리기 때문.

그걸 동시에 하는 운영은 스타일이 확립된 안드레이 본인이 아니면 상당히 어려웠다.

—iLoveSin: 그 경기 보고 좀 연구하나 싶더니 곧잘 흉내 내더라고요. 이제 제법 자기 스타일대로 변형해서 응용하기도 하던데요?

'괴물이군.'

장양의 천재성에 이신도 소름이 끼쳤다.

지금도 그렇지만, 올해가 지나면 모든 중국 팀이 장양을 데려가려고 혈안이 되지 않을까 싶었다.

자국 선수에, 천재에, 명문가 출신에, 이신의 제자이니 말이다.

'응용이라······.'

이신은 토털 어택에 대해 곰곰이 생각해보았다.

다양한 공격 수단을 일시에 퍼붓는다.

그 모든 공격 수단에 대한 방어를 모두 하기는 힘들기 때문에 준비만 잘 된다면 거의 필승.

'이걸 어떻게 써먹어볼 수 없을까?'

불현듯 떠오른 영감.

안드레이의 발상은 상당히 괜찮았다고 생각된다.

이신은 곰곰이 생각했다. 뭔가 떠오를 것 같기도 했다.

다시 한 번 장양과 연습 게임을 시작했다.

이신은 좀처럼 쓰지 않았던 빌드 오더를 꺼내 들었다.

1—1—1 빌드.

병영, 기갑정거장, 항공정거장을 1채씩 짓고서 앞마당에 확장 기지를 가져가는 순서의 빌드 오더였다.

기갑정거장에서 고속전차를 뽑아 상대를 견제하는 데 쓰고, 항공정거장에서 스텔스 전투기를 뽑아 정찰 및 견제에 사용한다.

이후에는 병영을 늘려 지어서 보병·의무병·화염방사병을 주력으로 생산한다.

고속전차와 스텔스 전투기를 다뤄야 하는 만큼, 컨트롤에 자신이 있지 않으면 쓰기 어려운 빌드 오더였다.

고속전차를 3기까지 뽑은 이신은 곧장 장양의 본진에 침투했다.

하지만 기다렸다는 듯이 바퀴들이 가로막았다.

고속전차를 컨트롤해 치고 빠지며 바퀴들을 사살해 나갔다.

—키엑!

—키에엑!

바퀴들을 고속전차의 사거리 밖으로 물리는 장양.

바퀴가 끊임없이 앞뒤로 왔다 갔다 하며 고속전차가 들어오지 못하게 막는다.

신경전.

이신은 기회를 보았다가 다시 고속전차들을 침투시켰지만, 앞마당에 촉수탑이 지어져 있었다.

다시 물러나려 할 때, 바퀴들이 길을 막는 바람에 1기가 빠져나가지 못하고 파괴당했다.

'역시 쉽지 않군.'

장양의 반응 속도는 최고조에 이르러 있었다.

신경 못 쓰는 틈에 불시에 찌르는 플레이가 통하지 않았다.

하지만 이제부터가 시작이었다.

이신은 이어서 생산한 스텔스 전투기로 하늘군주를 사냥하기 시작했다.

장양도 즉각 쐐기충을 생산해 공중전에 맞불을 놓았다.

2항공처럼 스텔스 전투기를 주력으로 생산하는 빌드 오더가 아니었기 때문에 이신은 군이 공중전에서 싸우려 하지 않았다.

스텔스 전투기는 3기까지 뽑고, 장양의 쐐기충이 공격해 오는 것을 막는 용도로 활용했다.

구상대로 척척 진행한 이신은 마침내 병영 병력을 생산하고는 진격을 개시했다.

보병, 의무병, 화염방사병.

뿐만 아니라 스텔스 전투기 3기와 고속전차 2기, 그리고 건설 로봇 2기도 포함되어 있었다.

토털 어택에서 영감을 받은 이신의 구상은 결국 구성된 모든 유닛을 100% 활용하는 컨트롤 싸움이었다.

장양도 바퀴와 쐐기충을 거느리고 맵 센터로 나와 맞서 싸웠다.

스텔스 모드로 자취를 숨기는 스텔스 전투기를 포착하기 위해 하늘군주도 맵 사방에 분산시켰다.

바로 그때였다.

—파앗!

의무병이 하늘군주를 향해 섬광탄을 던졌다.

섬광탄에 맞은 하늘군주는 시야가 1칸이 되었다.

시야가 급격히 좁아져서 모습을 감춘 스텔스 전투기들을 볼 수 없게 된 것.

이신의 노림수를 깨달은 장양은 급히 후퇴.

이신의 스텔스 전투기가 쫓아가 쐐기충 1마리를 죽였다.

그러는 동안, 고속전차들은 지뢰를 적재적소에 매설하며, 혹시라도 적이 우회해 빈집털이를 하는 것을 차단했다.

보병과 화염방사병이 앞장선 채, 이신은 계속 진격해 장양의 앞마당 앞까지 이르렀다. 그리고 함께 데려온 건설로봇들이 대공포를 짓기 시작했다.

장양의 앞마당 앞에 아예 진을 치고 압박하겠다는 의도였다.

모든 유닛이 100% 활용되는 플레이.

이어서 뒤늦게 생산된 기동포탑도 도착했다.

기동포탑이 포격모드로 전환하자 포격이 시작됐다.

긴 사거리를 활용해 앞마당 확장 기지를 타격하니, 장양도 더는 시간을 지체할 수가 없었다.

쐐기충들이 춤을 추며 기동포탑을 노렸다.

하지만 스텔스 전투기와 대공포와 보병들이 지키고 있어 여의치가 않았다.

빈틈이 없는 완벽한 병력의 조합!

심지어 전술위성까지 도착했다.

다양한 유닛을 조금씩 생산해서 다채로운 공격을 펼치는 이신.

유닛이 다양해진 만큼 컨트롤의 난이도도 높아졌지만, 이신의 테크닉이라면 충분히 소화할 수가 있었다.

장양은 계속 앞마당에서 농성을 벌였다.

바퀴 떼와 함께 쐐기충이 돌격해서 간신히 기동포탑을 격파하는 데 성공했다.

하지만 추가적으로 기동포탑이 더 생산되어서 당도했고, 급기야 항공수송선까지 도착했다.

공격 수단에 항공수송선의 드롭까지 추가된 것이다.

마침내 이신이 앞마당으로 돌입했다.

모든 유닛이 활용되었다.

전술위성은 달려드는 쐐기충들에게 방사능을 살포했다.

항공수송선은 본진에 보병들을 드롭했다.

기동포탑이 포격을 펼치고, 화염방사병과 보병, 의무병이 이에 힘입어 돌격.

혼란스러운 틈을 타 고속전차들이 날카롭게 침투하여서 일벌레들을 1마리씩 암살했다.

—YANG: GG.

장양이 항복을 선언했다.

—Player_SIN: 어땠어?
—iLoveSin: 괜찮았는데, 장양이 제대로 대응을 못한 게 더 컸어요. 2항공 빌드라고 생각해서 공중전을 생각했나 봐요.

2항공 빌드 오더였다면, 주력이 스텔스 전투기였다.
장양은 쐐기충과 폭탄충으로 공중전에서 이신을 꺾을 생각이었던 듯했다.

—Player_SIN: 쓸데없이 나랑 컨트롤 대결을 하려는 경향이 있어.
—iLoveSin: ㅎㅎㅎ선생님과의 연습을 놀이라고 생각해서 그러는 것 같아요.
—Player_SIN: 아무튼 다시 해보자.

다음 판은 쉽지 않았다.
장양은 독침충과 촉수충 등 지상군 위주로 맞섰기 때문이다.
장양은 거칠게 진격해서 맞받아쳤다.
이신이 공격하려 나오면, 우회해서 빈집을 털려는 듯한 위협을 가해 되돌아오게 만들었다.
이신은 지뢰를 매설해 그런 기동을 차단시키려 했지만, 지뢰를 제거해 나가며 달려 나가는 장양의 스피드가 만만치 않았다.

효과적으로 이신의 공격 타이밍을 지연시키며 확장을 해나간 장양.

이신은 전략을 수정해서 고속전차와 스텔스 전투기로 견제 플레이를 펼쳐 장양의 확장을 억제했다.

팽팽한 싸움이 계속되었을 때였다.

위잉, 위잉, 윙.

테이블에 올려놓았던 핸드폰이 진동을 했다.

이신은 눈살을 찌푸렸다.

그냥 무시하고 연습을 속행하려고 했는데, 스마트폰 액정에 뜬 발신자를 보자 그럴 수가 없었다.

[코렛 사장]

'뭐?'

놀란 이신은 장양에게 양해를 구한 뒤 게임을 일시 정지시켰다. 전화를 건 상대가 바로 SC사의 사장 데이비드 코렛이었기 때문이다.

—여, 안녕하셨습니까?

코렛 사장의 특유의 쾌활한 목소리가 들렸다.

"예, 오랜만입니다."

—오, 정말로 이제 영어를 잘 하시는군요? TV로 인터뷰 하시는 걸 보고 깜짝 놀랐습니다.

전에 만났을 때는 통역사가 필요했기 때문에 코렛 사장이 놀라는 것도 무리는 아니었다.

"공부했으니까요."

통역 반지 덕분이었지만 이신은 뻔뻔스럽게 대꾸했다.

─휘유, 대단하신데요. 게임뿐만 아니라 공부도 신이셨다니.

"무슨 일이십니까?"

─전에 저희가 했던 제안 기억나십니까?

"스페이스 크래프트 리마스터 말씀이십니까?"

─비슷하지만 아닙니다. 제가 무슨 용건으로 연락 드렸는지 한 번 맞춰보세요.

이신은 잠시 기억을 더듬다가 흠칫했다.

"…인공지능?"

─정답!

코렛 사장은 어린아이처럼 잔뜩 들뜬 목소리로 말했다.

─아직 한참 부족하지만 일단 알파 버전(alpha version)이 완성되었습니다.

전성기 시절의 이신의 플레이를 담아낸 인공지능의 개발이 벌써 알파 버전이 나올 정도로 진척을 이루었다는 뜻이었다.

코렛 사장은 장난스럽게 물었다.

─한번 시험해보시겠습니까?

"시험?"

─우리의 Kaiser2017은 온라인 아이디도 가지고 있습니다. 온라인에서 대전할 수 있지요.

"이름이 카이저2017입니까?"

―예, 아직 미완성이라 2017년까지의 플레이 데이터만 반영되어 있거든요.

그렇다면 꽤 초창기의 이신의 플레이 스타일을 지니고 있다고 봐야 했다.

이신은 가슴이 두근거리는 것을 느꼈다.

초창기의 자기 자신이라면, 무패우승과 무패 금메달을 기록했던 그 시절의 기량이었다. 물론 세월이 흘러 발전한 e스포츠의 전략 전술 트렌드가 반영되지 않아 약점도 있겠지만, 그만큼 더 강력한 부분도 존재했을 것이다.

"하겠습니다."

그때의 자신과 붙을 수 있다니, 이보다 더 흥분되는 일이 어디 있겠는가?

*　　　*　　　*

이신은 장양과 주디에게 양해를 구하고 연습을 종료했다.

그리고…….

―Kaiser2017: game?

불쑥 도착한 메시지를 보며 이신은 헛웃음을 했다.

―Player_SIN: okay.

alpha는 방제, 1234는 방에 입장하는 비밀번호였다.

이신은 그제야 Kaiser2017의 아이디 앞에 붙어 있는 등급 마크에 주목하게 되었다.

A등급.

온라인에서 A등급에 랭크되어 있다. 온라인 A등급이면 프로팀 연습생 수준이었다. 그냥 인공지능 Kaiser2017에게 아이디를 만들어주고 A등급을 임의로 부여해 준 것일까?

아니면 유저들과의 대전을 통해 획득한 등급일까?

때마침 코렛 사장에게서 다시 전화가 왔다.

—알파 버전의 등급에 놀라셨지요?

"예."

—예상하신 대로 모두 실제 유저들과 대전한 결과입니다. 방금처럼 대전을 신청하고 방을 만들어서 게임을 했죠. 오, 카이저 2017의 명예를 위해 말해두지만, 그는 아직 온라인 유저와의 대전에서 져본 적이 없습니다.

이신은 헛웃음을 지었다.

코렛 사장이 신난다는 듯이 말했다.

—A등급 유저에게도 말이죠. 참고로 연습생 제의 12회, 2군 선수 계약 제의는 5회, 1군 선수 제의는 2회입니다. 하하, 프로게이머로서 참 전도유망하죠? 미국 팀은 아직도 카이저와 비슷한 스타일을 가진 유망주를 좋아하는데, 심지어 2017년의 카이저를

봤으니 얼마나 탐이 났겠습니까?

"축하합니다."

이신의 짧은 대꾸에 코렛 사장의 웃음이 더욱 커졌다.

—그러면 한번 붙어봅시다. 우린 이 대결에 매우 관심이 많습니다.

"그러죠."

—조언을 하자면, 절대 방심하지 마십시오.

"방심 안 합니다."

—아뇨, 진심입니다. 카이저 본인도 그때의 스스로를 잘 모를 겁니다.

"무슨 말씀이십니까?"

—카이저의 플레이를 낱낱이 분석해 코딩한 저희들이라서 알수 있습니다. 그때와 지금의 카이저의 플레이는 생각보다 많은 부분이 달라졌습니다. 혹시 그걸 스스로는 인지하십니까?

"…글쎄요."

예전과 지금의 플레이가 달라졌다니 이신은 이해할 수 없었다.

빌드 오더나 전략의 개념은 당연히 세월의 흐름에 따라 달라지니, 그 부분을 지적하는 건 아닐 터였다.

—1년이나 쉬고서 돌아왔기 때문인지도 모르겠습니다. 아무튼 좋은 게임이 되길 빌겠습니다.

그 말을 들으니 더욱 기대가 되는 이신이었다.

2017년의 자기 자신.

적수를 찾아볼 수 없었던 그 시절의 자신은 과연 어떤 모습일까?

그런 자신을 상대하는 기분은 어떨까?

5, 4, 3, 2, 1…….

카운트다운이 끝나고서 게임이 시작되었다.

―Kaiser2017: Good game.

이신은 피식 웃었다.

그 또한 그렇게 되기를 바랐다.

게임이 시작되고 이신은 생각했다.

'그땐 타이트하게 플레이했지. 2기갑이나 1기갑 1항공을 선호
했었다.'

확장 기지를 따로 짓기 전에, 본진에서 채집하는 자원만 쥐어
짜서 상대를 끝내버린 경우가 허다했다.

아마 Kaiser2017도 그런 플레이를 펼칠 터.

그렇다면 이신은 트렌드에 맞춰 앞마당에 확장 기지를 빨리
짓고 자원 수급에 주력하는 것이 옳다.

예전과 다르게 요즘의 프로게이머들은 견제 플레이에 대한 디
펜스가 강해졌기 때문에, 예전 같은 방식으로는 승리를 따내기
어렵다.

피해를 최소화한 채 상대의 견제 플레이를 막아내면, 어느 정
도의 손실을 입더라도 자연스럽게 상황은 유리해진다.

이신은 병영을 짓고 바로 앞마당에 통제사령부 건물을 지었다.

바로 앞마당에 확장 기지를 편 것이다.

그런데 앞마당에 확장 기지를 짓고 있을 때, 상대의 공격이 들어왔다.

'벌써?'

이신은 피식 웃었다.

보병 3명과 건설로봇 1기가 공격 들어왔다.

정찰로 자신이 바로 앞마당 확장을 하는 걸 보고는 바로 타격을 입히기로 결심한 모양이었다.

'병영을 센터에 지었군.'

빠르게 치고 내려온 Kaiser2017이 앞마당 통제사령부를 짓고 있던 건설로봇을 사살했다.

이신도 건설로봇을 4기까지 동원하고 막 생산된 보병 1기와 함께 맞섰다.

교전이 펼쳐졌다.

상대 보병들은 1기밖에 없는 이신의 보병을 노렸다.

하지만 그럴 거라 생각하고 이신은 1기의 보병을 사거리 안팎으로 넘나들며 상대의 건설로봇만 노렸다.

Kaiser2017 또한 이신의 보병을 위협하면서, 사실은 사거리 안에 있는 건설로봇들을 일점사격 했다.

—퍼엉!

—으악!

이신의 건설로봇이 터졌지만, 상대의 보병도 건설로봇들의 공격을 받아 죽었다.

어지럽게 펼쳐지는 교전.

양측의 컨트롤 테크닉이 격돌하고 있었다.

이신은 집중사격을 받아 체력이 닳은 건설로봇을 정확하게 클릭해 뒤로 뺐다.

이를 쫓아온 보병들을 건설로봇들이 몰려들어 집중 공격!

—으악!

성공이었다. 하지만,

—퍼어엉!

어느새 옆으로 우회한 Kaiser2017의 건설로봇이 체력이 닳아 피신한 이신의 건설로봇을 처치해 버렸다.

막상막하!

2017년 시절의 카이저의 마이크로 컨트롤 테크닉은 현재의 이신에게 뒤지지 않았다.

'그래도 확실히 인간적이군.'

사람보다 잘하는 인공지능을 개발하는 건 어렵지 않다.

10만을 훌쩍 넘기는 APM과 소수점 단위의 오차도 허용하지 않는 초정밀 컨트롤로 중무장시키면 인간이 당해낼 재간이 없으니까.

하지만 Kaiser2017은 그런 단순한 인공지능이 아니었다.

확실히 상대가 같은 사람이라는 느낌이 들었다.

상대가 마우스로 어딜 찍고 있는지, 부대 지정키로 어떤 유닛을 지정했는지 직감적으로 알 것 같았다.

예전의 자기 자신이었으니 당연했다.

'아무튼 잘 막았다.'

Kaiser2017은 더 이상 피해를 주기 어렵다고 판단했는지 병력을 뒤로 물렸다.

이신은 곧바로 앞마당에 참호를 건설했다.

이미 정찰을 통해 Kaiser2017이 앞마당 확장을 하지 않은 것을 확인했다.

본진에 통제사령부를 지은 뒤, 건물을 띄워서 앞마당에 안착시키는 방식도 있지만, 본진 출입구를 막아선 건설로봇 때문에 거기까지는 정찰할 수 없었다.

'앞마당을 가져가는 척하면서 고속전차를 대거 생산해 이득 본 적도 있었고, 항공수송선까지 빨리 뽑아서 드롭으로 상대를 끝낸 적도 많았다.'

앞마당 확장을 하는 바람에 테크 트리는 늦었지만, 이신 역시 이제 기갑정거장과 기갑부속연구소를 짓고 기동포탑을 뽑고 있었다.

'1기갑 1항공이다. 내가 앞마당에 참호를 짓는 걸 봤으니까.'

참호를 무시하고 달려들어가 본진에 난입해 건설로봇을 학살하는 플레이도 많이 했다.

하지만 그것도 상대를 봐가면서 해야 한다.

아까의 교전에서 서로의 컨트롤 실력을 확인했다.

'인공지능이 제대로 만들어졌다면, 설마 나한테 그게 통할 거라고 생각하지는 않겠지? 그러니까 넌 항공수송선을 뽑아서 본진 드롭을 시도할 거다.'

이신은 웃었다.

재미있었다.

상대의 심리를 추측하면 할수록, 그리운 옛 추억을 더듬는 느낌이 들었기 때문이다.

*　　　　　*　　　　　*

"이건 누가 인공지능인지 모르겠는데."

코렛 사장이 게임을 지켜보며 중얼거렸다.

이번 프로젝트는 코렛 사장의 가장 핫한 취미 중 하나였다.

연구원들과 함께 플레이를 지켜보면서 그는 미소를 지었다.

기계가 아닌 사람다운 인공지능을 만들기 위해서는 실수를 도입해야 했다.

2017년까지의 이신의 데이터를 수집해서 어떤 것이 실수고 어떤 것이 올바른 조작이었는지를 판결했다.

그렇게 해서 2017년까지 이신이 실수를 했던 빈도를 그대로 인공지능에 도입했다. 그래서 Kaiser2017도 아주 이따금 실수를 한다.

그런데 방금 전의 교전에서는 양측 모두 한 치의 오차도 없이 컨트롤을 했다.

컨트롤 하나하나에 담긴 의미를 알고리즘으로 표현하면 그 방대함에 기가 질리게 되는데, 그런 복잡한 생각이 찰나의 순간에 일어나고 있는 프로게이머의 세계가 코렛 사장은 너무나도 좋았다.

현재까지 카이저는 Kaiser2017의 기습을 맞이하여서 단 한 번도 실수를 하지 않았다.

평범해 보이는 그 장면이, 이를 개발한 개발자들에게는 퍽 가슴 깊이 와 닿는 것이었다.

"카이저가 잘하는데요. Kaiser2017의 생각을 다 알고 있어요."

"응? 어느 부분이 그렇지?"

코렛 사장이 물었다.

연구원이 카이저의 본진을 보여주며 말했다.

"첫 생산된 기동포탑이 본진에 머물러 있잖아요. 앞마당 참호 안에도 보병은 고작 1명이죠. 앞마당이 아니라 항공수송선을 타고 본진에 드롭할 거란 걸 예측하고 있는 거죠."

"그렇군. 역시 자기 자신이라는 건가."

"카이저가 예상해 주어서 기쁘군요. 그만큼 우리가 인간스럽게 잘 만들었다는 뜻이잖아요."

"글쎄. 하지만 너무 뻔한 플레이만 할까봐 걱정이지."

Kaiser2017이 할 수 있는 플레이는 기본적으로 2017년까지 카이저가 한 번이라도 시도한 적이 있었던 플레이였다.

스스로 학습해서 새로운 플레이를 창안할 수 있게 했다가는, 인공지능이 머신러닝(Machine Learning)을 해버려서 단시일에 인간을 초월한다.

최적의 빌드 오더 같은 승리의 공식을 밝혀내서 스페이스 크래프트의 수명을 끝내버릴 지도 모르니 말이다.

'어차피 스페이스 크래프트는 가위바위보 같은 심리전이지만, 낼 수 있는 가짓수가 적어지면 재미도 없어지니까.'

그러니 인공지능이 스스로 데이터를 획득해 학습하게 하는 일은 조금 위험했다.

하지만 그렇다 해도 워낙에 카이저가 시도했던 데이터가 많은지라, 2017년까지의 데이터에 불과하다 해도 Kaiser2017은 충분히 다채롭고 변화무쌍했다.

예상대로 Kaiser2017은 항공수송선에 고속전차 3기를 태웠다.

그리고 이신의 본진에 드롭.

이신은 기동포탑을 1기 생산했고, 항공정거장까지 짓고서 스텔스 전투기를 생산 중인 상태였다.

고속전차 3기가 기동포탑을 노리고 덤벼들었다.

그냥 서로 싸우면 약하다 해도 3기나 있는 고속전차의 승리지만, 건설로봇이 수리해 주면 얘기가 달라진다.

하지만 변수는 역시 지뢰였다.

고속전차들은 기동포탑에게 공격적으로 접근해 코앞에 지뢰를 매설하며 압박했다. 지뢰에 폭사당하지 않기 위해 이신은 기동포탑을 계속 뒤로 물렀다.

물러서면서도 계속 타격을 가하여서 고속전차 1기를 파괴시켰다.

하지만 기동포탑도 물러나다가 구석에 몰리고 말았다.

"Kaiser2017이 몰이사냥을 하듯이 코너로 의도적으로 몰았습니다."

"지뢰 2개를 매설하는군요. 이제 빠져나갈 구석이 없는데요?"

그런데 그 순간,

"오!"

연구원들 사이에서 탄성이 터져 나왔다.

일하던 건설로봇들이 우르르 몰려와 지뢰 하나를 에워싸고 공격해 버린 것이다.

다른 하나는 기동포탑이 집중 공격해서 폭발하기 직전에 제거하는 데 성공했다.

"가, 간발의 차이였어."

"지뢰가 하나라도 터졌으면 건설로봇들이 폭사당했을 거야. 저렇게 위험한 짓을 하다니!"

"지뢰가 터지기 전에 둘 다 제거할 수 있다고 확신했던 것 같은데."

"말도 안 돼. 어떻게 그 짧은 순간에 그런 계산을 해?"

"그냥 육감이야. 근데 그 육감이 컴퓨터처럼 정확할 뿐이지."

웅성거리는 연구원들.

코렛 사장은 어깨를 으쓱하며 중얼거렸다.

"대체 누가 인공지능인 거야?"

이신은 Kaiser2017의 첫 드롭을 깔끔하게 막아냈다.

*   *   *

방금 전의 드롭을 완벽하게 막음으로서 게임은 이신이 우세한 상황.

'한 번 더 올 거다.'

이신은 확신했다.

이미 정찰을 통해 Kaiser2017의 앞마당을 확인했다.

아직도 앞마당 확장을 시도하지 않았다.

미래를 위한 자원 확보를 포기했으니, 본진 자원을 쥐어짜서 한 번 더 공격을 올 터.

'곧바로 온다.'

아니나 다를까?

항공수송선이 한 번 더 나타났다. 곧바로 이어진 후속타였다.

이신은 생산이 완료된 스텔스 전투기로 항공수송선을 공격했다.

항공수송선은 스텔스 전투기에게 맞아가면서도 침투를 강행했다.

본진을 지나 앞마당에 드롭!

고속전차 2기와 보병 4기가 내렸다.

'보병?'

이신은 흠칫했다.

처음의 치즈러시 이후에도 보병을 더 생산했다는 뜻.

거기까지는 예상을 못 했기 때문에 놀랐다.

예상외의 변수는 강력한 파괴력을 보였다.

─투타타타타!

─퍼엉! 펑!

보병들의 집중사격에 앞마당에서 일하던 건설로봇 2기가 삽시간에 터졌다.

동시에, 고속전차 2기는 본진 출입구에 지뢰를 매설해 본진에 있는 기동포탑이 나오지 못하게 막았다.

일시에 해야 할 플레이들이 딱딱 이루어지는 신속 무비한 컨트롤!

앞마당의 건설로봇들이 본진으로 대피하자, 거기서 기다리고 있던 고속전차들이 일점사로 하나씩 사냥한다.

'아직 괜찮다.'

자신의 장기였던 스피디한 견제 플레이에 당하게 되자 당혹스럽긴 했지만, 이신은 침착했다.

앞마당 확장 기지가 있고 없고의 차이는 일꾼 몇 기의 피해쯤은 충분히 감수하고도 남았다.

여기서 더 피해를 키우지만 않으면 된다.

이신은 기동포탑과 스텔스 전투기, 그리고 막 생산 완료된 기계보병으로 맞섰다.

출입구 쪽에 깔린 지뢰를 하나씩 제거했다.

지뢰가 땅속에서 튀어나온 순간, 세 유닛이 일점사해 제거한 것이다.

다른 하나도 그렇게 제거했다.

그때, 쉴 틈 없이 스텔스 전투기 2기가 나타났다.

'그럴 줄 알았다.'

항공수송선을 썼다는 건 항공정거장을 지었다는 뜻.

항공수송선 생산 직후 공중에서 흔들기 위해 스텔스 전투기를 생산할 거라고 이신은 예측했다.

그 증거로, 이신 또한 스텔스 전투기가 2기였다.

―스르륵―

Kaiser2017의 전투기가 스텔스 모드로 모습을 감췄다. 스텔스 모드를 개발했다니, 스텔스 전투기에 힘을 많이 준 듯했다.

하지만 이신은 그럴 위험이 있다 판단하여서 레이더를 개발한 상태였다.

반사적으로 레이더의 단축키를 누르고 클릭!

―삐리릭!

레이더를 통해 스텔스 전투기 2기가 모습이 드러났다.

그 순간 현란한 공중전이 펼쳐졌다.

―슈융! 슝! 슝!

서로 미사일을 쏘며 치열하게 터닝 샷.

홀드 명령키를 응용한 터닝 샷 컨트롤이 미친 듯이 펼쳐졌다.

하지만 이신은 지대공 공격력이 강력한 기계보병도 있었다.

결국 Kaiser2017이 먼저 물러섰지만, 이신은 레이더를 한 번 더 써서 추격해 1기를 격추시켰다.

―퍼어엉!

치열한 접전!

끊임없이 허를 찌르려는 Kaiser2017의 수를, 이신은 모조리 알아채고 맞받아치고 있었다.

*　　　　　*　　　　　*

"환상적이네요."

"짧은 시간에 얼마나 많은 심리전이 오갔는지!"

코렛 사장과 개발자들이 감탄을 연발했다.

알면서도 당한다는 이신의 견제 플레이.

절대로 무너지지 않는다는 이신의 초반 디펜스.

창과 방패였다.

모순(矛盾) 같은 대결이 펼쳐지고 있었다.

"이대로라면 Kaiser2017이 지겠는데?"

"일단 앞마당 확장 기지를 마비시키긴 했지만, 일꾼은 많이 안 잡혔으니까요."

"조금만 더 버티면 이신의 승리입니다."

"아, 우리의 자식 같은 Kaiser2017이 지는 걸 보고 싶지 않은데요."

"난 카이저의 팬이야!"

그런데 그때, 도망쳤던 스텔스 전투기 1기가 다시 나타났다.

스텔스 모드를 하고 있어 보이지 않았지만, 흐물거리는 공간의 왜곡을 귀신 같이 본 이신이 기계보병으로 마크했다.

이어서 펼친 Kaiser2017의 컨트롤은 놀라운 것이었다.

앞마당에서 고속전차가 언덕 벽에 바짝 붙어서 지뢰를 매설했다.

언덕 벽 너머 본진에는 이신의 기동포탑이 있었다.

—삐릭!

땅속에 매설된 지뢰가 바로 그 언덕 너머의 기동포탑에 반응하고 다시 튀어나왔다.

"하하, 저걸 썼군요!"

"언덕의 폭이 아슬아슬하게 지뢰가 타깃에 반응하는 거리입니다. 그걸 이용했어요!"

스텔스 전투기 1기가 다시 돌아온 것은 시야를 밝혀 기동포탑을 보기 위해서였다.

—삐리릭!

튀어나온 지뢰는 본진 안에 있는 기동포탑으로 가기 위해 출입구로 세차게 날아갔다.

그 순간,

"헉!"

"오 마이 갓!"

"무슨?!"

이신의 기계보병이 재빨리 출입구를 가로막았다.

—삐릭삐릭! 삐릭! 삐릭!

기계보병에게 길이 가로막힌 지뢰가 우왕좌왕했다. 그리고는,

—펑!

일정 시간이 지나자 스스로 터져서 사라져 버렸다.

불발(不發).

숨이 멎을 것 같은 충격이었다.

지뢰는 오직 처음 인식한 타깃만 목표로 하기 때문에, 시간 내에 타깃에 접촉하지 못하면 불발이 된다.

이신은 순간적으로 지뢰의 길을 가로막아서 불발시켜 버린 것이다.

Kaiser2017의 슈퍼 플레이를 슈퍼 플레이로 또다시 응수한 이신!

톱 레벨의 환상적인 공방에 모두가 입을 다물지 못했다.

"둘 다 기계야. 인간들의 대결은 아니야."

Kaiser2017이 새로운 변수를 두기 시작했다.

병영을 늘려 짓고서 보병과 의무병을 모으기 시작한 것!

같은 인류를 상대로는 거의 안 쓰는 병영 병력을 사용할 결심을 한 것이다.

"같은 인류를 상대로 병영 체제라……."

코렛 사장은 흥미진진해했다.

"초반 상황에 기습적으로 약한 타이밍을 노리고 찌르는 전략입니다. e스포츠를 통틀어 나온 일이 극히 적은 전략이고, 가장 많이 사용한 사람은 역시 카이저입니다."

보병들과 의무병들이 우르르 앞마당에 나타나자, 이신은 당혹한 눈치가 플레이에서 보였다.

그걸 보자마자 즉시 앞마당의 통제사령부 건물을 피신시키기 위해 들어 올린 것이다.

하지만 포격 모드가 먼저 완성된 것이 이신에게는 희소식이었다.

포격 모드로 전환한 기동포탑이 보병들을 향해 포격을 개시했다.

─퍼펑!

2기로 늘어난 기동포탑들의 포격.

─으악!

─으아악!

삽시간에 보병 4기가 녹아버렸다.

하지만 물량 공세였다.

값싼 보병들이 계속 의무병과 함께 밀려와 각성제까지 흡입하여 돌파를 시도했다.

그 순간, 이신은 조금의 망설임도 없이 건설로봇을 대거 방어에 동원했다.

건설로봇들이 삽시간에 블로킹!

Kaiser2017은 일점사로 건설로봇들을 최대한 줄이는 플레이를 했고, 그러는 동안 이신의 기동포탑 또한 보병들을 학살했다.

"또 간다!"

"오!"

개발진이 다시 환호했다.

Kaiser2017의 항공수송선이 또다시 본진 드롭을 시도한 것이다.

대공을 방어하던 스텔스 전투기들이 항공수송선을 공격했지만, 격추되는 걸 무릅쓰고 드롭을 강행하는 Kaiser2017의 결단도 대단했다.

아슬아슬하게 항공수송선이 격추되기 전에 보병 5기와 화염방사병 1기와 의무병 2기가 드롭.

내리자마자 본진에서 자원을 채집하는 건설로봇들을 급습했다.

이신은 새로 생산된 기동포탑 2기를 드롭한 병력을 퇴치하는 데 썼다.

―투타타타타!

―퍼어엉!

이신의 기동포탑이 잇달아 터졌다.

의무병의 치료와 각성제의 힘으로, Kaiser2017의 병력은 계속 날뛰었다.

각성제를 흡입한 화염방사병이 기동포탑의 뒤로 붙어서 물러나지 못하게 길을 막은 컨트롤은 예술적이었다.

Kaiser2017은 계속 값싼 병영 병력을 공격에 투입하면서 어떻게든 이신을 거꾸러뜨리려 들었다.

*　　　　*　　　　*

초반에 빨리 승패가 날 것 같았던 대결.

그러나 승부는 장장 49분의 혈투 끝에 갈렸다.

이신은 땀을 비 오듯이 흘렸다.

보통 아무리 장기전이라도 게임 한 번 했다고 땀이 날 정도로 힘들진 않다.

힘든 것은 오직 하나.

상대가 힘들게 만들었기 때문이었다.

'죽겠군.'

이신은 호텔 소파에 앉아 휴식을 취했다.

버티면 이긴 게임이라고 생각했다.

하지만 Kaiser2017은 놀랍게도 계속 시간을 벌면서 국면을 장기전으로 끌고 갔다.

방법은 이신과 동일했다.

끊임없는 견제!

쉴 틈 없이 잘잘한 공격을 펼쳐서 이신이 계속 방어를 하게 만들었다.

그렇게 시간을 버는 동안 앞마당에 확장 기지도 지으며 불리한 상황을 점점 호전시켜나갔다.

계속 견제를 받을수록 이신은 신체적인 어려움을 느꼈다.

그것은 마이클 조셉과의 이벤트 매치 1세트의 패배와 같았다.

피지컬.

그리고 날카롭게 허를 파고드는 센스.

'정말 대단하군.'

그랬다.

이신은 패배했다.

결국 Kaiser2017에게 역전패의 수모를 당한 것이다.

초반 디펜스 능력이 무적이라 꼽혔던 이신.

그런 이신조차 이런 엄청난 초반 공세는 처음 겪어보았다.

그럴 수밖에.

상대는 바로 옛날의 자기 자신이었으니까.

아무리 불리한 상황이라도 피지컬로 상대를 압살하고 역전시킬 수 있었던 그 시절의 자기 자신 말이다.

유리했던 게임을 역전당하니 속이 부글부글 끓었다.

그렇다고 오판을 한 적도 없었음에도, 순전히 견제 플레이에 계속 시달리다가 어느새 역전.

굴욕.

근본적인 기량에서 압도된 기분.

예전의 그에게 무릎 꿇은 선수들이 느꼈던 패배감을 이신도 똑같이 느끼게 된 것이었다.

하지만 한편으로는 마음속 깊은 곳에서 스멀스멀 밀려오는 어떤 뜨거운 감정이 있었다.

그것은 바로 승부욕이었다.

Kaiser2017은 오랫동안 잊고 있었던 감정을 일깨워주었다.

잠시 후, 코렛 사장에게서 연락이 왔다.

—어떠셨습니까?

"정말 잘하더군요."

—단지 게임을 잘 하는 인공 지능을 만드는 일이었다면 개발 작업이 이렇게 어렵지는 않았을 테죠.

"……?"

—저희가 관심 있어 하는 부분은 사람다운 인공지능입니다.

"사람 같았냐고 물으시는 겁니까?"

—예. 더불어, 2017년의 본인 같았는지도 묻는 겁니다.

"예, 그랬습니다."

이신은 곧장 확신을 담아 대답했다.

"상대를 괴롭히고 망치겠다는 악의가 느껴졌습니다."

—구체적으로 어떤 부분이 말입니까?

"계산적인 이득보다는, 더 번거롭게 만들고 심리적으로 괴롭히는 효과를 우선시한 견제 플레이에서 그런 느낌을 받았습니다."

그것은 바로 이신의 스타일 그 자체였다.

—음, 인간에게 악의를 가진 인공지능이라니 어떤 영화가 생각

납니다만, 일단 첫 걸음은 성공적으로 내디뎠다고 봐도 되겠군요.

"그럭저럭."

—다행이군요. 카이저 덕분에 프로젝트의 첫 결과물이 성공했습니다. 장차 세상을 멸망시킬 인공지능을 만드는 데 일조하셨으니 자부심을 가지셔도 됩니다, 하하!

코렛 사장의 으스스한 농담에도 이신은 웃지 않고 말했다.

"한 가지 부탁드리고 싶은 게 있습니다."

—다시 붙어 보고 싶으신가요?

코렛 사장이 물었다.

승부욕 강한 이신이라면 그런 요구를 할 거라고 생각했던 것.

하지만 이신은 고개를 저었다.

"리플레이 파일을 주셨으면 합니다. Kaiser2017의 시점으로 기록된 리플레이를 보고 싶습니다."

—하하, 역시 제 말이 옳았지요? 그때의 카이저와 지금의 카이저는 많은 부분이 달라졌다고요.

"……"

—예, 뭐 좋습니다. 좋은 참고가 되셨으면 좋겠군요. 더불어 리플레이를 보시고 의견이 있으시다면 언제든 연락해 주십시오.

"알겠습니다."

이신은 그렇게 연습을 종료했다.

대신 이메일로 받은 리플레이 파일을 보기 시작했다.

자신의 과거를 재현한 Kaiser2017의 플레이를.

'내가 이랬었나?'

이신은 새로운 느낌을 받았다.

분명 과거의 자신이 했었던 플레이들과 동일했다.

머리로는 기억을 떠올릴 수 있었다.

하지만 가슴으로는 이질감을 느꼈다.

지금의 자신과는 비슷하면서도 어딘가 다른 모습들.

코렛 사장이 옳았다.

'내가 변했구나.'

세월이 흘렀으니 그럴 수밖에 없다.

손목 부상으로 1년간 쉬기도 했고, 계약자로서 마계에서 서열전을 치르는 색다른 경험도 했다.

그 수많은 사건을 통하여서 이신은 자연스럽게 변화를 겪었다.

Kaiser2017의 리플레이 파일은 그 사실을 일깨워주었다.

이신은 무언가 큰 힌트를 얻은 듯한 기분이 들었다.

『마왕의 게임』 16권에 계속…

박선우 장편소설
FUSION FANTASTIC STORY

멋진
Wonderful
Life
人 인생

태어나며 손에 쥔 것이라고는 가난뿐.

그러나 내게는 온몸을 불사를 열정과
목숨처럼 소중한 사랑이 있었다.

『멋진 인생』

모두가 우러러보는 최고의 직장이자 가장 치열한 전쟁터,
천하그룹!

승진에 삶을 바친 야수들의 세계에서 우뚝 서게 되는
박강호의 치열하지만 낭만적인 이야기!

Book Publishing CHUNGEORAM

강준현 장편소설
FUSION FANTASTIC STORY
인생을 바꿔라
『복수의 길』, 『개척자』 강준현 작가의
2016년 신작!
자신이 무엇인지 알지 못하는 정신체, 염.
세상을 떠돌며 사람의 몸속으로 들어가
에너지를 얻고 나오길 반복하던 어느 날.
사고로 인한 하반신 마비, 애인의 이별 선언,
삶에 지쳐 자살하려는 김철의 몸에 들어가게 되는데…….
"뭐, 뭐야! 아직도 못 벗어났단 말이야?"
새로운 삶을 살리라,
정처 없이 떠돌던 그의 인생 개척이 시작된다!
"어떤 삶인지 궁금하다고? 그럼 한번 따라와 봐."
Book Publishing CHUNGEORAM
유행이 아닌 자유추구 -
www.chungeoram.com

궁극의 쉐프

ultimate chef

가프 장편소설

FUSION FANTASTIC STORY

태초의 우물에서 찾은 사막의 기적.
사람의 식성과 식욕을 색으로 읽어내는 능력은
요리의 차원을 한 단계 드높인다.

『궁극의 쉐프』

요리란!
접시 위에 자신의 모든 것을 담아내는 것.

쉐프란!
그 요리에 자신의 가치를 증명하는 사람.

"요리 하나로 사람의 운명도 좌우할 수 있습니다."

혀를 위한 요리가 아닌, 마음을 돌보는 요리를 꿈꾸는
궁극의 쉐프 손장태의 여정이 시작된다!

Book Publishing CHUNGEORAM